50부터
나답게
사는 법

일러두기

- 책에 실린 상품의 사용감이나 아이디어는 저자의 개인적 의견입니다.
  모든 상황에 꼭 맞는 것은 아닌 점 양해 바랍니다.
- 책에 실린 정보는 2021년 2월 현재 기준입니다.

STAFF

촬영 濱津和貴   디자인 アルビレオ

50부터
나답게
사는 법

소박하게, 가볍게, 쾌적하게

가키자키 고코 지음 | **이선주** 옮김

시그마북스
Sigma Books

50부터 나답게 사는 법

발행일 2021년 11월 10일 초판 1쇄 발행
지은이 가키자키 고코
옮긴이 이선주
발행인 강학경
발행처 시그마북스
마케팅 정제용
에디터 최윤정, 장민정, 최연정
디자인 강경희, 김문배

등록번호 제10-965호
주소 서울특별시 영등포구 양평로 22길 21 선유도코오롱디지털타워 A402호
전자우편 sigmabooks@spress.co.kr
홈페이지 http://www.sigmabooks.co.kr
전화 (02) 2062-5288~9
팩시밀리 (02) 323-4197
ISBN 979-11-91307-88-7 (03830)

50 SAI KARA NO WATASHI RASHII KURASHIKATA
© KOKO KAKIZAKI 2021
Originally published in Japan in 2021 by X-Knowledge Co., Ltd.
Korean translation rights arranged through AMO Agency SEOUL

들어가며

아무리 나이를 먹어도 미래의 일은 알 수가 없습니다.
보이지 않으니 불안하기 마련이지요.
그런데 50대를 앞두었다고 생각하면서부터
지금까지와는 조금 다른 불안감이 생기고, 조바심에 사로잡히게 되었습니다.

돈은 충분할까?
쾌적하게 살아갈 수 있을까?
건강은 유지할 수 있을까?
일은 어떻게 될까?

하지만 50대가 된 지금은
'어떻게 해서든 해나가겠지'
라고 생각하게 되었습니다.
이렇게 생각할 수 있게 된 것은 40대 중반부터 시작한
인생을 정비하는 '작은 아이디어' 덕분입니다.

40대 중반 즈음 '지금까지와는 좀 다르구나'라고
느끼는 일이 많아졌습니다.
체력이 떨어져 컨디션이 자주 나빠지고,
일도 무리해서 할 수 없게 되었습니다.
피부와 외모가 늙어가면서 자신감이 없어지기도 했지요.
그리고 부모님의 건강과 노화도 걱정되었습니다.
나이를 먹어가는 것이 점점 불안해집니다.

나의 40대에 일어난 가장 큰 변화는 41세에 겪은 이혼이었습니다.
얼마 뒤 재혼을 생각한 사람이 나타났지만, 그 역시 무산되었습니다.
그리고 45세에 다시 혼자의 삶으로 돌아갔지요.

프리랜서 일러스트레이터, 독신이라는 불안한 여건에
마음이 약해졌지만, 우선은 이렇게 결심했습니다.
'혼자 사는 것을 전제로 확실하게 내 힘으로 서야겠다.'

앞으로도 계속 혼자 살게 될지는 알 수 없습니다.

하지만 몸의 변화도 느껴지는데 마음마저 약해지면 곤란하겠지요.

조금씩 확실해진 사실은

주거, 삶, 돈, 일하는 방식,

자신 가꾸기, 타인과 지내는 방법……

모든 일에 의존적인 마음으로 지내면

여러 가지를 잘못 선택하기 쉽다는 것입니다.

한동안은 불안과 초조에 시달리는 나날이었습니다.

일단 결심하긴 했지만,

지금까지와 같은 방식으로는 제대로 잘해나갈 리가 없습니다.

그러면 어떻게 해야 할까요?

내 안에 있는 불안이나 초조함을 어떻게 달랠지,

무엇을 바꾸고 무엇을 바꾸지 않을지를 스스로 묻고 답해보았습니다.

오랜 시간 동안, 이 명확하지 않은 물음이 항상 나를 따라다녀
마음이 무거웠습니다.
하지만 조금씩
삶을 재정비하는 '자그마한 구상'을 시작하게 되었습니다.
지금 돌아보니 이런 일들을 해왔네요.

삶을 재정비하는
'작은 아이디어'
요모조모

돈을 쓰는 데 맺고 끊음을 분명히 한다

1인 가구, 프리랜서 생활의 불안정함을 자각하고
노후를 고려해 저축을 늘린다.
젊을 때처럼 조금씩 조금씩이 아니라
나에게 꼭 필요한 곳에만 돈을 쓰고,
필요 없는 지출은 자제한다.
앞으로는 정말 중요한 물건만으로 소박하고 가볍게 산다.

현재를 인정하고, 방법을 찾는다

자신의 상황을 받아들이지 못하고 초조해할 때도 있었다.
하지만 지금 가진 것과 가지지 못한 것을 인정하니
마음이 편해졌다.
지금까지와 같은 방법으로는 할 수 없는 일도 있지만,
나이가 들었기에 할 수 있는 방법을 찾아
더 쾌적하게 지내려 한다.

내 기분은 내가 결정한다

기분이 좋다는 것은 곧 몸과 마음이 건강하다는 뜻이다.
기분이 좋으면 감정을 잘 제어할 수 있게 된다.
남이 기분 좋게 해주기를 기다리지 말고 스스로 하자.
스트레스를 줄이고 심신을 쾌적하게 하려고 노력한다.

서툴더라도 스스로 해본다

재테크나 운동처럼 서툰 분야는 지금까지 피하려고만 했다.
하지만 마음을 다잡고 직접 해보니 괜찮았다.
작더라도 성공하는 경험을 차곡차곡 쌓아가면 자신감이 생긴다.
약점을 극복하니 인생이 밝아졌다.

인간관계는 거리가 중요하다

'혼자 살아가는 것을 전제로 확실하게 내 힘으로 서자'라는
목표를 세운다고 해서
아무에게도 의지하지 말라는 뜻은 아니다.
파트너와의 관계, 친구 관계, 가족과의 관계에서
서로 기대야 할 때도 있다.
서로 든든하게 받침이 되어주면서도
깔끔한 관계를 만들어가려고 한다.

모두 알면서도 미루어왔던 것들입니다.
생각대로 되지 않는 딜레마라 여기며 고민하던 일들이었지요.
하지만 보는 각도를 조금 바꾸고,
'작은 아이디어'를 계속 더해가면서
새로운 삶을 얻을 수 있게 되었습니다.

저에게 최근 몇 년은 50대를 맞이하는 데
필요한 '배우는 기간'이었다고 생각합니다.
하지만 50대라 해도 통과 지점일 뿐입니다.
미래에 대한 불안은 끝이 없지만
나 나름의 '작은 아이디어'를 쌓아서
소박하게, 가볍게, 쾌적하게
긍정적으로 하루하루를 지내자고 생각했습니다.

이 책이,
읽어주시는 여러분의 삶에
조금이라도 도움이 되면 좋겠습니다.

Contents

제 2 장   생 활

제 3 장 건강과 돈

제 4 장 꾸미기와 미용

제 5 장   인간관계

1

주 거

50대를 앞두고 '자기 점검하기'
무엇을 바꾸고 무엇을 바꾸지 말아야 할까?

막 40대가 되었을 때는 '50대는 아직 한참 남은 미래'였다. 이혼을 겪고 재혼을 생각하다 그것도 무산되어 다시 혼자 살게 된 때가 45세. 그때 새로 들어간 도심의 집에서 '지금까지의 생활을 돌아보자. 앞으로 무엇을 바꾸고 무엇을 바꾸지 말아야 할까?'라는 질문을 자신에게 던지고 스스로 답하는 나날을 보내고 있었다. 차차 50대가 현실로 느껴지기 시작했다.

독신이면서 프리랜서이기에 '몸과 마음의 건강'이 가장 중요한 문제였다. 지금까지 큰 병 없이 계속 일을 해올 수 있었던 것은, 몸과 마음이 건강했던 덕분이다. 나에게 집이 편안한 곳이라는 사실은 무엇보다도 몸과 마음을 안정시켜

45세에 이사한 도심의 맨션에서 본 풍경. 가까운 역에서 도보로 30초밖에 걸리지 않아 편리하다.

38㎡ 면적에 방 하나, 거실, 주방, 부엌이 있는 작은 집이었지만, 인테리어와 수납이 좋아 편하게 살았다.

주었다. 일상적인 청소와 정리법을 생각하고 고민하는 일, 좋아하는 가구나 식물에 둘러싸인 인테리어는 에너지의 원천이었다. 지금까지 이어온 '생활을 재정비하는 연구'는 앞으로도 바꾸고 싶지 않다.

반면, 지금까지 제대로 하지 못했던 것은 '돈 관리'다. 너무 대충해왔던 가계 관리를 개선해 60세까지 10년 동안은 지금의 삶을 즐기면서 노후를 대비한 저축도 늘려가고 싶었다. 돈의 씀씀이와 저축을 재검토하다보니, 절약의 효과가 큰 부분은 고정비라는 것을 알게 되었다. 그중에서도 금액이 큰 주거비에 주목했다. 주거비를 줄이면 다음에 할 일이 자연히 보일 것이다. 여기가 시작이었다.

우선은 현재 자신의 상황을 파악해 '이루어놓은 것과 그렇지 않은 것'을 생각하는 일이 가장 중요하다. 자신의 상황을 파악하는 일이야말로 50대를 위한 준비가 될 것이다.

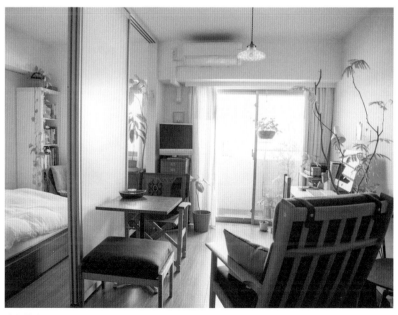

일과 생활이 한곳에서 이루어지던 이사 전의 집. 여기서 앞으로의 나를 생각했다.

50대부터의 주거는
'가까운 교외'를 선택하기로

45세부터 살던 도심에 위치하고 방 하나, 거실, 주방, 부엌이 있는 맨션은 가장 가까운 역에서 도보 30초, 신축이라 깨끗하며 쓰레기는 24시간 내놓을 수 있는 쾌적한 집이었다. 하지만 주거비를 다시 생각해보니 '그 편리함이 앞으로의 나에게 필요할까?'라는 의문이 들었다.

미래의 나에게 우선순위를 매겨보니 '편리함을 추구하기보다는 집세를 낮추자'로 바로 결론이 났다. 집을 사는 것은 현시점에는 비현실적이므로, 미래의 가능성은 남겨두면서 임대를 선택했다.

다음은 넓이. 38m²의 맨션에서는 일과 사생활이 한 공간에서 이루어졌지

'가까운 교외'에 위치한 새집에는 커다란 식탁을 사서 생활에 활력을 더했다. 50대의 생활이 시작되었다.

만, 조금 더 생활이 분리되었으면 좋겠다고 생각했다. 체력도 떨어지는 50대 이후에 일을 하기 위해서는 단시간에 집중할 수 있는 독립된 공간이 있는 것이 이상적이다.

집세는 낮추면서 더 넓은 집을 원한다면 도심에 살기는 어렵다. 지금까지처럼 늘 자극적인 생활은 이제 필요하지 않다. 하지만 전원생활을 하기는 아직 너무 이르다. 그래서 도심으로의 접근성도 꽤 좋으면서도 집 주변은 조용한 도심 근교에 집을 구하기로 했다.

한 가지 더 중요하게 고려한 점은 고양이와 함께 살기다. 앞으로 고양이와 함께 살고 싶기에 반려동물을 키울 수 있는 집이 필요했다. 그러니 어느 정도 면적도 넓어야 한다. 집세, 면적, 가까운 교외, 고양이⋯⋯. 조금씩 새로운 집의 이미지가 갖추어져갔다.

일에 집중할 수 있는 업무 공간을 확보. 생활과 분리해 일과 생활의 균형을 조절했다.

집 주변을 느긋하게 산책할 수 있는 것은 교외인 덕분이다. 가까운 역 근처는 편의 시설도 갖추어져 살기 좋다.

60세까지
10년 동안의 일과 삶을 준비하다

집을 알아보기 시작한 지 1년 만에, 49세 6개월째에 '가까운 교외'(도심에서 전철로 약 30분), 역에서 도보 15분, 지은 지 30년, 63㎡, 방 3개와 주방과 부엌이 갖추어진, 반려동물과 함께 살 수 있는 집으로 이사했다. 월세는 4만 엔이 조금 넘는 정도. 이사비용이 들긴 했지만, 2년 동안 살면 차액이 거의 100만 엔이 된다. 새집은 편리함과 여유를 모두 갖춘 훌륭한 '가까운 교외'에 위치해 있다. 집 근처 역 주변에는 없는 것이 없고 지금까지 도심의 생활과 별반 다르지 않게 편리하다. 반면, 집 주변은 조용하고, 산책하러 나가보면 공기가 상쾌해

집 주변은 느긋하게 '땅에 발을 디디는 생활'

절로 심호흡을 하고 싶어진다. 앞으로 또 삶의 방식을 바꿀지는 알 수 없지만, 50대 10년 동안은 이 환경에서 생활도 일도 조금 더 힘내서 해볼 생각이다.

이사를 하자마자 지금까지의 생활 습관을 바꾸게 된 일이 있다. 이곳은 쓰레기를 아침 8시까지 집하장에 내놓아야 한다. 야행성인 나에게는 괴로운 일이다. 하지만 '쓰레기를 내놓는 김에 아침 산책을 하면 되잖아?'라는 친구의 조언을 듣고, 바로 실행해보니 그렇게 좋을 수가 없다! '쓰레기 배출 겸 산책'으로 점점 일찍 자고 일찍 일어나는 생활 리듬이 생겼고, 시간을 알차게 쓰면서 만족감까지 느끼게 되었다.

우울했던 규칙이 생활 리듬을 잡아주는 기회가 되다니, 도심의 삶에서는 놓치고 있던 '땅에 발을 디디는 생활'이 조금씩 다가왔다.

〈가까운 교외에서의 이상적인 삶〉

가까운 역 주변은
'도심'과 비슷한 '편리함'

Station

30년 된 낡은 집은
지혜와 아이디어로 극복한다

집세와 집의 넓이, 반려동물, 입지 외에 중요하게 생각했던 점은 주로 사용할 공간이 남향이며 밝아야 한다는 것이었다. 조건이 너무 많아 어렵겠다 싶었는데, 생각한 이미지 그대로인 지금의 집을 만났다. 실제로 살아보니 남향을 고집하기를 잘했다 싶게 정말 쾌적하고 좋았다.

지은 지 30년이나 되긴 했지만, 수도는 새로 공사를 해서 깨끗하다. 그리고 '세월의 멋과 견고함'이 마음에 들었다. 아마 젊을 때였다면 선택하지 않을 집일 것이다. 하지만 지금은 지혜와 아이디어를 동원해 편안히 살 수 있으리라 생각했다. 공간이 작게 나누어져 있고 거실이 다다미라 아쉬울 수도 있지만, '방 수에 맞추어 활용 방법을 정하자', '다다미방 공략법을 찾아보자' 이렇게 마음을 바꾸었다. 다다미식 거실은 옆의 주방과 미닫이문으로 분리되어 있었는데, 미닫이문을 떼어내어 넓은 거실, 주방, 부엌의 느낌을 냈다. 북쪽 방은 업무 공간으로 정하고 업무 시간을 확실히 구분하기로 했다. 그리고 남은 방은 침실로 만들었다.

평소에는 업무 공간에서 일을 하고, 식사와 휴식은 주방에서 한다. 그리고 밤에는 다다미 거실에서 술을 한잔하면서 여유를 즐긴다. 공간을 나누니 하루 중 일과 생활을 분리할 수 있게 되어 마음의 평화를 다시금 맛보게 되었다.

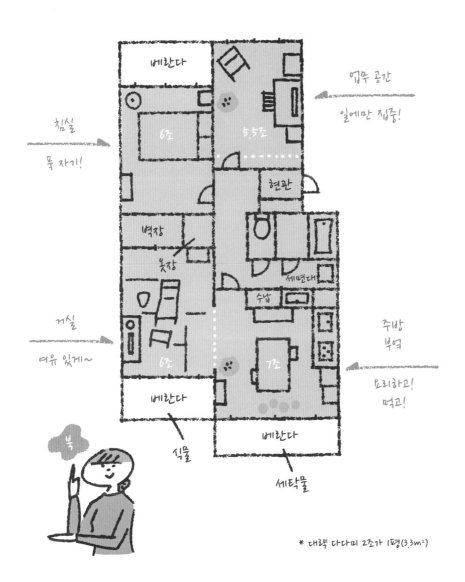

<방 3개, 주방, 부엌, 63m², 지은 지 30년>

혼자 사는 데는 불편하겠다고 생각했던 구조였지만,
집중하기에도 휴식하기에도 딱 좋다

베란다

6조

5.5조

침실
푹 자기!

업무 공간
일에만 집중!

현관

벽장

옷장

세면대

수납

거실
여유 있게~

6조

7조

주방
부엌

요리하고!
먹고!

베란다

식물

베란다

세탁물

북

* 대략 다다미 2조가 1평(3.3m²)

27

다다미 거실은
생활감을 줄이고 산뜻하게

거실이 다다미로 되어 있어 이상적인 인테리어를 할 수 있을지 걱정도 했지만, '전통'의 느낌을 숨기지 않고 살리기로 했다. 일단 다다미 거실에 들어서면 가장 먼저 눈에 들어오는 '정면 벽'에 포인트를 주었다. 이곳을 근사하게 꾸미기 위해 좋아하는 빈티지 수납장을 배치했다. 그 옆으로 덴마크의 빈티지 안락의자와 스툴, 사이드 테이블을 놓았다. 빈티지의 묵직한 나무 질감과 다다미가 서로 잘 어울려 차분한 공간이 되었다. 그리고 입구에서 잘 보이지 않는 구석에 서랍장을 하나 더 놓았다. 넓이로 보면 가구를 더 놓을 수 있지만, 물건이 많아지면 생활감도 늘어나기 때문에 이 정도로 끝냈다. 포인트를 준 수납장 위도 예전에 살던 집에서는 소품을 잔뜩 장식해 두었지만, 지금은 스탠드 조명과 텔레비전만 올려 간소하게 꾸몄다. 오랜 기간 사용하던 아날로그 텔레비전은 너무 튀는 것 같아 중고용품점에서 작은 텔레비전을 사서 바꾸었더니 잘 어울렸다.

　일이 끝나고 안락의자에 앉아 스툴에 발을 뻗을 때가 가장 편안한 시간이다. 조명은 수납장 위에 스탠드 조명 하나만 은은하게 밝혀두면 밤에는 더 평온한 분위기가 된다. 너무 채워 넣지 않고 비웠더니 더할 나위가 없다. 이것은 50대 이후의 삶 전반에도 해당하겠지. 전통을 살린 방과 50대, 왠지 닮은 듯도 하다.

〈다다미방의 생활감을 줄인다〉

천장 조명을
설치하는 기구

입구에서
보이는 가장
눈에 띄는 장소에
포인트를 만든다

시선이 닿는 곳에
베란다의 식물

의자는 비스듬히 놓는다
너무 줄에 맞춘 듯 보이지 않게

오래 쓸 수 있는
가구 고르고 사기

이번에 이사를 하면서 새로 산 가구는 거의 없다. 예전 집에서 쓸 때와 용도가 달라진 물건도 있지만, 저마다 새집에 자리를 잘 잡았다. 우리 집의 가구는 야후 옥션, 중고용품점, 빈티지 가구점, 무인양품 등 산 가게나 시기가 모두 제각각이다. 하지만 나무 질감이 느껴지는 도장을 하지 않은 제품을 좋아하고 중고로 살 때는 단정한 세월감이 있는 물건이라는 점만은 고수해왔기에 여러 가구가 조화롭게 자연스럽게 어울린다.

유일하게 새로 산 것은 주방 식탁이다. 느긋하게 식사를 하거나 취미인 킨츠

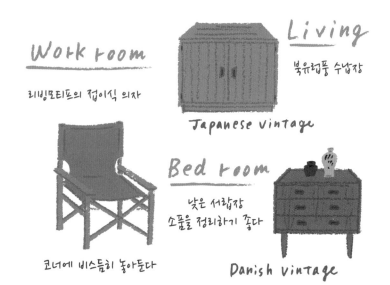

〈애정이 담긴 가구는 집안의 주인공으로〉

Work room
리빙모티프의 접이식 의자
코너에 비스듬히 놓아둔다

Living
북유럽풍 수납장
Japanese vintage

Bed room
낮은 서랍장
소품을 정리하기 좋다
Danish vintage

기(깨진 도자기를 복원하는 일본의 예술-옮긴이)를 할 수 있는 커다란 식탁을 선택의 폭이 넓은 인터넷에서 찾기로 했다. 먼저 핀터레스트 같은 이미지 사이트에서 사진을 많이 보고, 이미지를 구상했다. 다음은 바닥이나 기존의 가구들과 잘 어울리는지, 크기는 괜찮은지 등을 가늠해보았다. 가구 하나만 보는 것이 아니라 실제로 공간에 배치했을 때 조화를 상상했다. 색, 디테일, 질감이 조금이라도 마음에 걸리면 급하게 구매하지 않았다.

탐색을 시작한 지 두 달 정도 지난 뒤, 야후 옥션에서 낙찰받은 주방 식탁은 1970년대에 백화점에서 판매되어 인기가 좋았던 '아오모리제작소'라는 가구 브랜드의 제품이다. 어딘가 정감이 있고 북유럽 가구의 느낌을 살린 디자인에 장인의 기술이 담긴 빈티지 명품이다. 앞으로 소중하게 다루며 가꾸어보려고 한다.

\new face/
Dining kitchen

아오모리제작소의 식탁
"Tiffany"
39,500엔에 낙찰

정성스러운 만듦새
오래되었지만
허름해 보이지 않는다

80cm

70cm

88.5~143.5cm
길이를 확장할 수 있다

좋아하는 가구는
수리해서 오래 쓴다

가구는 계속 손질을 하면서 오래 사용했다. 예를 들면, 업무용으로 쓰는 의자는 20대 때 중고용품점에서 샀는데, 궁둥이가 닿는 면의 가죽을 직접 바꾸며 계속 사용하고 있다. 또 업무 공간에 둔 서랍장은 통신판매로 샀는데, 왁스를 정기적으로 발라주며 은은한 갈색으로 가꾸었다. 이 서랍장은 야트막한 서랍이 10단 이상 있고, 작은 바퀴가 있어 이동이 쉽고 사용하기 편해서 용도를 바꾸면서 20년 넘게 사용하고 있다.

최근에 꼼꼼하게 수리한 물건은 30년 전쯤 상경해 처음 혼자 살게 되었을 때 조금 무리해서 샀던 빈티지 원목 서랍장이다. 예스러운 느낌이 있어 가만히 두어도 멋이 느껴지고, 지나치게 튀지 않는 크기라 수납도 무척 편리하다. 나무 표면이 거무스름해지고 낡아서 나무 지저깨비가 일어나기에 가구점을 하는 친구에게 관리유지법을 배웠다.

우선 스틸 울로 안쪽 면을 문질러 지저분하게 일어나는 거스러미와 오염을 제거하고, 방부효과가 있는 니스를 칠한다. 그다음 바깥 면에는 밀랍 왁스를 칠하면 끝. 밀랍 왁스는 처음 시도해보았는데, 광택이 나무 질감까지 살려주니 완벽하다. 나무의 건조를 막고 표면을 보호하는 역할도 있다고 한다. 마지막으로 서랍의 슬라이드 부분에 왁스를 발라(100엔 샵의 양초도 OK) 매끄럽게 해주면 완성! 나무 지저깨비도 나오지 않게 되었다. 직접 손질하고 가꾸면서 사용하면 애정도 생겨 질리지 않는다.

<원목 가구 손질하기>

1 안쪽 면을 나뭇결을 따라 스틸 울로 문질러 부드럽게 해 준다

고무장갑 필요

\사포 대신/
스틸
입자 굵기 등급
(#0000)
스틸 울

2 마른걸레로 닦아낸 후 안쪽 면에 수성 니스를 바른다

수성 니스

100엔이라는 가격에 비해 매우 훌륭하다!

다이소에서 산 니스

3 표면에 밀랍 왁스를 칠하고 잠시 놓아두었다가 마른 걸레질을 한다

액체로 된 것이 바르기 좋다

걸레

올드 빌리지 밀랍 왁스

※ 평소 손질은 3만 해도 충분하다

4 슬라이드 부분에 초를 칠한다

여기

옆 판

완성

33

수면은 건강의 기본
'잘 자기' 위해서 마련한 것

침대의 매트리스를 새로 맞춘 지 5년 정도 지났다. 이전에 쓰던 매트리스는 허리가 쑥 들어갈 정도로 푹신해서 요통으로 고생한 적이 있었다. 그래서 실제 사용하고 있는 친구들의 추천을 받아 고기능 매트리스인 템퍼, 에어위브, 매그니플렉스를 전시장에서 체험해보았다. 그중에서 너무 푹 꺼지지 않으면서 너무 단단하지도 않아 몸에 가장 잘 맞는 매그니플렉스 매트리스를 샀다. 그 뒤로는 요통도 없어지고 쾌적하다.

요즘은 침실 환경도 재정비하고 있다. 일단 잠에만 집중할 수 있게 실내장식은 최소한으로 한다. 수면의 질에 영향을 주는 전자파와 블루라이트를 되도록 쐬지 않도록 스마트폰은 조금 떨어진 서랍장 위로 옮기고 침대 옆에는 알람시계만 두었다. 자기 직전에 스마트폰을 확인하지 않게 되어 예전보다 훨씬 푹 잘 수 있게 되었다. 아침에 자연스럽게 눈이 떠질 수 있도록 커튼을 조금 열어두고 아침 해가 들어올 틈을 만들었다. 어슴푸레한 햇살로도 아침을 충분히 느낄 수 있다.

고민이 있거나 심란해서 잠을 이룰 수 없을 때는 유튜브에서 시냇물 소리나 파도 소리 같은 자연의 소리를 찾아 틀어 놓는다. 긴장이 풀리고 생각에서 벗어날 수 있어 나도 모르는 사이에 잠들기도 한다. 조금 멀찍한 곳에 놓아둔 스마트폰에서 무척 낮은 소리로…… 이 정도가 마음을 편하게 해준다.

⟨잘 자기 위해 욕심을 부리자⟩

시트 커튼(42쪽)에
암막 천을 덧대어

세라퓨티카의 베개
20년 애용

돌기가 목을 받쳐준다
일자목에도 OK

BRAUN의
알람 시계

침대 시트는
계절 상관없이
무인양품의
마직물

살짝
열어둔다

매그니플렉스 '모델 246'은
일본인이 가장 좋아하는 경도

스마트폰

식물과 잘 지내는
재배법과 배치법

지금까지 살던 집에는 늘 어떤 종류든 식물이 있었지만, 늘 말라 있기 일쑤였다. 그러다 식물을 잘 키우는 친구에게 물 주는 법과 손질법 등 기본 사항을 몇 가지 배워 적용해보았더니 우리 집에서도 점차 식물이 잘 자라게 되었다. 새집에는 남쪽과 북쪽에 방이 두 개씩 있는데, 채광이 양극단이라 식물을 키우는 데 특별한 방법이 필요했다. 남쪽 공간에는 햇빛을 좋아하는 에버프레시나 아보카도 나무를, 북쪽 업무 공간과 침실에는 해가 잘 들지 않아도 왕성하게 자라는 움베르타나 스킨답서스를 두었다. 가끔 북쪽 팀은 일광욕을 시켜주기 위해 남쪽 방으로 옮겨주고, 남쪽 팀은 해를 너무 쬐지 않도록 위치를 바꾸어주면서 되도록 식물에 부담을 주지 않게 하고 있다.

화분들을 바닥에 놓기도 하지만, 커튼레일이나 천장에 매달아 늘어뜨리기도 하고 그릇장 위에 놓아 잎이 아래로 드리워지도록 하는 방식으로 화분 위치에 높이차를 두면, 위로도 아래로도 초록에 둘러싸여 기분이 좋아진다. 자그마한 화분도 하나둘씩 모으면 풍성해지고 따로따로 둘 때와는 또 다른 분위기가 된다. 말려 죽이지 않고 키울 수 있게 될 때까지 시간은 걸렸지만, 애정을 가지고 물을 주고 자라는 것을 지켜보면서 뿌듯해하다 보니 식물은 이미 완전히 가족 같은 존재가 되었다.

<식물 배치 요모조모>

놓낮이를 달리해 놓으면
공간에 역동성이 생긴다

스킨답서스

달아둔다

늘어뜨린다

커다란 에버프레시를
거실에 배치하고
대포나무로 정했다

슈가바인

자그마한 화분을 모아서

접시에

← 아래에 바퀴가 달린 화분 받침

보기 싫은 것을
가릴 때도 쓴다!

탄자니아의 이링가 바구니를 화분 커버로 쓴다

'숨기고' '떼어내서'
개방형 주방을 깔끔하게

새집의 주방은 남향이며 해가 잘 들어 기분 좋게 요리할 수 있다. 다만, 조리대가 벽을 향하는 개방형 주방이므로 복잡하고 어수선한 상태가 훤히 들여다보이는 것이 문제다. 그래서 붙박이장에 들어가지 않는 가전제품이나 식자재는 집안 여기저기에 있던 바구니를 모아 '숨기기'로 했다.

전에 살던 집에서는 평소에 주방 수납장 안에 밥솥을 넣어 두었지만, 이번에는 크기가 딱 맞는 뚜껑 달린 바구니에 넣었다. 혼자 살기 때문에 밥솥은 주 1회 정도만 사용한다. 세 컵 정도 밥을 해서 나누어 냉동해둔다. 밥솥을 쓰지

〈바구니를 사용해 깔끔하게〉

모로코의 밀짚 바구니

병류 저장용으로

부피가 큰 식품도 쏙 들어가는 형태

가나의 볼가 바구니

30cm

태국의 수초 바구니

밥솥에 딱 맞는 크기

않는 날이 많으니 불편함이 없고, 먼지가 쌓이는 것도 막을 수 있어 좋다. 주방에서 쓰는 바구니들은 분위기가 조금씩 다르지만, 그 또한 자연 소재의 장점. 원목 가구와도 잘 어울린다. 시험 삼아 놓아본 플라스틱 서랍장은 어울리지 않고 튀어서 창고 안에 넣어두었다.

다음으로 쓰레기통이 고민되는데, 여러 개를 두는 것은 보기에도 좋지 않아 싱크대나 가스레인지 아래에 '숨기기'로 했다. 크기가 딱 들어맞는 쓰레기통을 찾다가 이케아에서 적당한 제품을 발견하고 똑같은 물건을 세 개 샀다. 음식물 쓰레기와 일반 쓰레기용은 싱크대 밑 서랍에 단독으로 놓고 음식물 쓰레기 냄새가 나지 않도록 꼼꼼하게 대책도 마련했다. 플라스틱용 쓰레기통은 가스레인지 아래에 폭이 넓은 서랍 한쪽에 넣었다. 씻고 말린 다음 넣어서 냄새 문제는 없다. 유리병이나 캔, 페트병 등을 담는 쓰레기통은 주방이 아니라 창고

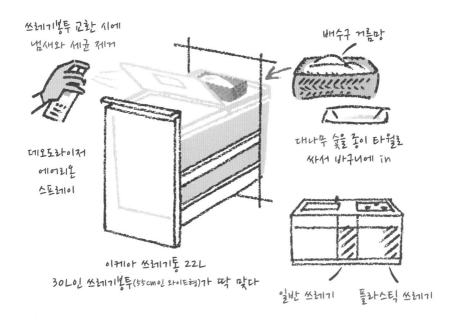

〈쓰레기통은 숨겨서 깔끔하게〉

쓰레기봉투 교환 시에
냄새와 세균 제거

디오도라이저
에어리온
스프레이

배수구 거름망

대나무 숯을 종이 타월로
싸서 바구니에 in

이케아 쓰레기통 22L
30L인 쓰레기봉투(55cm인 와이드형)가 딱 맞다

일반 쓰레기   플라스틱 쓰레기

에 두기로 했다.

음식물 쓰레기를 넣는 용기는 스테인리스로 만들어진 오일 포트를 이용한다. 예전에는 이케아에서 산 큰 계량컵을 사용했는데 이사할 때 망가져버렸다. 새 제품을 고를 때 음식물 쓰레기가 보이지 않고, 싱크대 바깥에 둘 수 있으며 옮기기 쉽게 손잡이가 붙어 있어야 한다는 세 가지 조건으로 찾아보니 오일 포트가 딱 적당했다. 하루에 한 번 저녁식사 후에 쓰레기통에 내다 버린다. 사용하지 않을 때는 뚜껑을 닫아두면 냄새도 나지 않고 보기에도 깔끔하다.

게다가 뚜껑을 세울 수 있어 열었을 때 뚜껑을 어디 둘지 고민하지 않고 편리하게 사용할 수 있다. 도구를 찾을 때 원래의 용도가 아니라 딱 맞는 다른 역할을 발견했을 때의 희열은 작은 행복을 느끼게 해준다.

훤히 들여다보이는 주방을 깔끔하게 하는 방법 중 하나는 세제 통에 붙은

〈음식물 쓰레기는 더 깔끔하게〉

손잡이가 있어
무척 편리

군더더기 없이 깔끔한 모양
크기도 딱 맞다

뚜껑

조리대에도 잘 어울린다

Lidest 오일 포트
〈KEYUCA〉

화려한 라벨을 모두 떼어내는 것이다. 라벨을 떼어내면 새하얗고 산뜻한 병으로 변신한다. 예전에 사용하던 리필용기가 보기에는 좋았지만, 쓸수록 점점 입구가 막혀서 조금씩 사용하기 어려워지기도 하고, 위생적으로도 걱정이 되던 참이었다. 결국, 세제 회사에서 열심히 연구해서 만들어낸 전용 용기가 사용하기에는 가장 편리하다는 점을 깨달았다. 그리고 라벨을 떼어내는 방법을 쓰기 시작했다.

주방 세제는 식기용과 분무기 형태의 표백제 두 가지뿐이므로 라벨이 없어도 두 세제를 헷갈릴 일은 없다. 싱크대나 가스레인지는 매일 청소를 하므로 심하게 더럽지 않아서 식기용 세제만으로 충분히 닦인다. 쓸데없이 많은 세제가 필요 없고 놓아둘 장소 때문에 고민하지 않아도 된다.

〈어수선한 색깔을 깔끔하게〉

세리아의
'물이 잘 빠지는 키친 스펀지'
시리즈

단순한
색깔

물 빠짐
최고

지저분

깔끔

깔끔

세제 용기에
붙은 라벨이
지나치게
알록달록해
보기 싫다

쓱쓱

사용하기 무척 편한
마직 시트 커튼

무인양품의 마직 플랫 시트로 커튼을 직접 만들어 쓰기 시작한 지 15년이 되었다. 처음에는 마음에 드는 기성품 커튼이 없어 만들기를 시도했는데, 이제는 마직물의 보드라운 감촉과 자연스러운 모습이 집 꾸미기에 빼놓을 수 없는 포인트가 되었다. 만드는 방법도 간단하다. 창문 크기에 맞게 접어 이케아 커튼 고리로 달기만 하면 된다. 레이스 커튼을 겹치지 않고도 포근한 햇살이 비치는 모습을 볼 수 있다. 단, 채광이 좋은 거실과 주방은 자외선에도 신경 써야 하므로 직물용 UV 차단 스프레이를 전체적으로 뿌려준다. 빛을 가려야 하는 침실은 수예 용품점에서 창문 크기에 맞게 암막 천을 사서 커튼과 겹쳐 고리로 끼워둔다.

원래 침대 시트용이라 더러워지면 세탁기로 바로 빨 수도 있다. 큰 망에 넣어 약한 손빨래 코스로 돌리면 번거롭게 고리를 뺄 필요도 없다. 마직물이므로 걸어놓으면 바로 마른다는 것도 장점이다. 또 길이 조절도 간단하게 할 수 있어서 이사 때문에 창문 크기가 바뀌어도 새로 살 필요가 없다. 이번에 이사하면서 방이 많아져 추가로 커튼이 필요했는데, 같은 물건을 사서 바로 보충할 수 있어 편리했다.

〈시트를 접어서 걸기만 하면 커튼으로〉

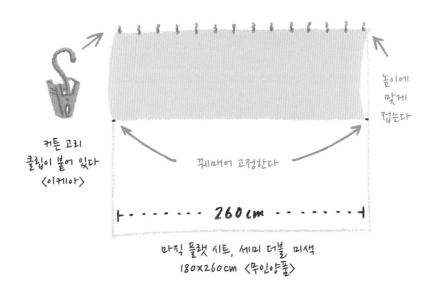

커튼 고리
클립이 붙어 있다
〈이케아〉

높이에
맞게
접는다

꿰매어 고정한다

├ ─ ─ ─ ─ ─ ─ 260cm ─ ─ ─ ─ ─ ─ ┤

마직 플랫 시트, 세미 더블, 미색
180x260cm 〈무인양품〉

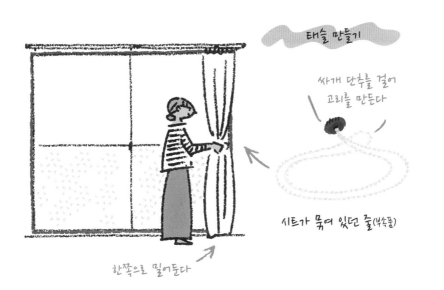

태슬 만들기

싸개 단추를 걸어
고리를 만든다

시트가 묶여 있던 줄 (부속품)

한쪽으로 밀어둔다

수납은 영역을 구분해서
'보이는 곳, 보이지 않는 곳'으로 분리해 사용

수납은 영역을 분명히 나누어 놓는 것이 좋다. 예를 들면, 식기는 속이 '보이지 않는' 위쪽 수납장과 '보이는' 식기장 두 곳으로 나누어 놓았다. 위쪽 수납장은 수납장 선반을 활용해 수납공간을 확보하고 매일 사용하는 식기를 꺼내기 좋게 넣어둔다. 반면 문이 유리로 된 식기장은 쇼케이스처럼 적당히 빈자리를 만들어 좋아하는 골동품 그릇이나 유리 제품을 둔다. 보이는 곳에 수납을 할 때는 여유 공간을 채우지 말고 그릇을 겹쳐놓지 않아야 멋스럽게 보인다.

또 욕실 천장에 붙은 개방형 선반에는 수건을 세워서 수납하고 있다. 정리 컨설턴트인 곤도 마리에 씨가 '수건과 천류는 개어서 손으로 꾹 누르면 세우기 좋다'라고 말했는데, 이 정보를 참고해 선반 위에 북엔드로 공간을 나누었다. 목욕 타월은 흰색, 페이스 타월은 회색으로 통일하니 보기에도 깔끔하다. 핸드 타월같이 작은 것은 밖에 꺼내놓지 않고 바구니에 넣어 정리했다. 그리고 하나 있는 길고 좁은 벽장에는 압축봉과 100엔 샵에서 산 수납 상자, 무인양품 플라스틱 서랍 등을 사용해 공간을 빈틈없이 철저하게 활용했다. 청소도구와 세제는 사용하기 좋게 수납해두었다. 보이는 곳과 보이지 않는 곳으로 수납을 확실히 구분하면 효율도 좋고 안락한 집이 된다.

〈보이는 곳〉

욕실 선반
보기에 기분 좋은 공간을 만든다

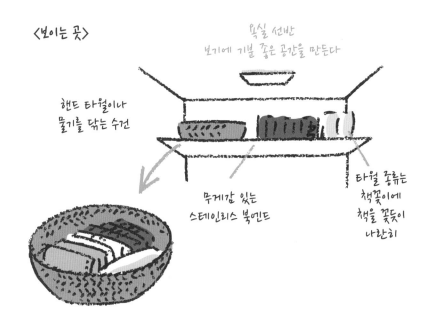

핸드 타월이나
물기를 닦는 수건

무게감 있는
스테인리스 북엔드

타월 종류는
책꽂이에
책을 꽂듯이
나란히

〈보이지 않는 곳〉

벽장은 깊이, 높이를 꽉 채워 활용
퍼즐처럼 수납하기

암축 봉 2개

분무기형
세제 통은
손잡이를
걸어둔다

이케아 클립
(83쪽)으로

빨래집게

100엔 샵에서 산 수납 상자도 색이나 모양이 단순한 것으로

50대부터 pre-노전정리
'추억의 물건'을 처분하자

노전정리(늙기 전에 주변을 정리하는 일-옮긴이)를 하기에 좀 이른 감도 있지만, 서서히 물건을 줄여가려고 한다. 원래도 필요 없는 물건에 공간을 점령당하는 것이 싫어서 정기적으로 물건을 처분하는 편이었다. 그런 나도 고민하는 것이 '추억의 물건'이다. 예를 들면, 몇 년 전에 돌아가신 아버지의 SLR 카메라 같은 것이다. 망가져서 사용할 수 없는데도 버릴 수가 없었다. 하지만 이번에 이사하면서 다시 꺼내서 보니 오래된 기계 특유의 케케묵은 냄새까지 느껴져 처분하기로 마음을 먹었다. 막연히 머릿속으로만 생각하던 것보다 실제로 손에 쥐어보니

〈추억의 물건은 이렇게 처분한다〉

정화용 소금을 약간 넣어서 종이에 싼다

이제 없어도 되겠지

일반 쓰레기로 분류해서 버린다

일반 쓰레기

고마웠어~ 잘 가~

사진을 찍어서 남긴다

더 쉽게 판단이 섰다. 그 밖에도 꺼내서 손에 쥐어보고 좋지 않은 마음이 드는 추억의 물건들도 처분했다. 묵었던 감정도 동시에 흘려보낼 수 있어 후련했다.

일기나 수첩과 같이 내 마음의 소리가 기록된 물건은 왠지 버릴 수가 없었다. 하지만 50대를 맞이하는 시점에 '나중에 나에게 무슨 일이 생겨서 가족이나 친구가 보면 부끄러울 만한 기록은 처분하자'라는 단호한 결심이 서자 모두 처분할 수 있었다.

나이가 들면서 추억은 물건의 형태로 남기지 않아도 개의치 않게 되었다. 기억에서 지워질 수도 있지만 그래도 상관없다. 마음에는 여운이 차곡차곡 쌓여 있을 테니. 다만 아직 간직하고 있는 '추억의 물건'은 고민된다면 버리지 마라. 아직 pre-노전정리이니 급하게 생각할 필요는 없다. 가끔 꺼내어 추억을 돌아보며 '필요한가? 필요 없나?' 하고 스스로 묻고 답해보자.

나의 자취

서류 상자에

조금 더 가지고 있고 싶은 추억의 물건은 모두 여섯 상자 벽장 아랫단에 둔다

탯줄

본가에서 가져온 것

포스트잇에 내용물을 써둔다

앨범

과거의 여행 가이드 책자는 아직 처분하고 싶지 않다

편하게 지낼 수 있을지 걱정되었던 다다미 거실.
입구에서 보이는 '정면의 벽'에 포인트를 주어 수
납장을 놓고 다른 가구를 배치했다. 생활감을 줄
여 깔끔한 공간이 되었다.

49

각 방의 입구에서 한눈에 보이는 장소에 식물이나 가구를 균형 있게 두면 집 전체가 기분 좋은 공간이 된다. 업무 공간에 있는 접이식 의자는 방의 분위기를 잡아주는 포인트 가구다.

새로 산 아오모리제작소의 주방 식탁은 원래 있던 가구나 소품과
도 잘 어울린다. 디자인이 친근하면서도 세련되었다. 야후 옥션에
서 예산보다 저렴하게 낙찰받았다.

다다미방 입구에서 보이지 않는 곳에 30년 정도 전에 산 미국산
빈티지 서랍장을 놓았다. 최근에 다시 손질해두었더니 부드럽게
서랍을 여닫을 수 있어 훨씬 사용하기 좋아졌다.

업무 공간에서 사용하는 서랍장
은 함께한 지 20년이 넘은 물건이
다. 원래 하얀 나무였는데 계속 왁
스를 발라주며 손질했더니 자연
스러운 갈색으로 바뀌었다. 작은
서랍은 서류나 그림 재료를 정리
하는 데 유용하다.

개방형 주방은 자질구레한 물건들이 밖에 나와 있으면 어수선해 보인다. 무인양품 선반에 바구니나 서랍을 사용해 식재와 조리 도구 등을 수납한다. 소재를 비슷하게 맞추면 통일감을 낼 수 있다.

주방에 있는 식기장은 너무 꽉 채우지 않고 '보이게' 수납한다. 좋아하는 골동품 그릇이나 유리그릇을 장식하고 여유 자리를 만든다. 평소에 사용하기도 하므로 아름답게 보이면서도 꺼내기 쉽게 배치한다.

베드 러너(발 부분 커버)는 아프리카 부르
키나파소의 쪽 염색 천. 침실의 포인트 색
깔이 되었다. 침대 옆에 놓은 뚜껑 달린 아
타 바구니는 세탁물용이다. 잠옷은 둥근
바구니에 담아 침대 위에 둔다.

다다미 거실의 창에는 커튼레일을 떼고
마직 시트 커튼을 압축 봉에 걸기로 했
다. 일본식 느낌을 줄이기 위해 유럽형
집의 창가처럼 천장 가까운 위치에서
커튼을 드리웠다. 방이 넓어 보이는 효
과가 있다. 커튼을 걸을 때는 가운데나
좌우 어느 한쪽으로 밀어둔다.

식물은 크기와 높이를 다양하게 배치하
면 재미있다. 작은 것은 한쪽으로 모아
서 큰 접시에 담아놓으면 풍성하고 다
채로워진다. 둥글게 놓는 것이 포인트!

그릇장 위는 식물 코너로 만들어 에어컨
호스를 가린다. 주방 식탁에 앉을 때 바로
보이는 위치이므로 분위기도 좋게 해준
다. 물을 주면서 식물의 상태도 점검한다.

현관에 들어설 때 바로 보이는 침실에는 서랍
장, 바로 앞 복도에는 초록 화분을 배치하고
그 풍경을 즐긴다. 복도에 둔 식물은 움베라타
다. 가지치기 후 잘라낸 가지를 물에 꽂았더니
뿌리가 생겨 화분에 옮겨 심었다.

H&M의 라탄 행잉 바구니에 슈가바인을 넣어 천장 조명 기구에 매달아 늘어뜨렸다.

업무 공간 창문 쪽에는 스킨답서스를 입구가 넓은 꽃병에 슬쩍 꽂아둔다. 소소하지만 정겨운 공간이 되었다.

주방의 포인트가 되는 나무는 에버프레시다. 주방에 들어설 때 첫눈에 보이므로 늘 기운을 받는다.

줄기가 아래로 드리워지는 스킨답서스는 높은 선반 위에 놓으면 공간에 역동성이 생긴다. 조금씩 자라는 모습을 보는 재미가 있다.

2

생 활

매일 하는 바닥 청소가
너무 귀찮아지지 않으려면

청소는 언제나 귀찮은 일이다. 하지만 방이 어수선하면 마음이 어지럽기도 하고, 청소 후에 정돈된 공간의 쾌적함을 좋아해서 자주 하는 편이다. 위치에 따라 빈도는 다 다르지만 바닥 청소는 매일 한다. 바닥만 깨끗해도 집 전체가 깔끔해 보이기 때문이다. 매일 바닥 청소를 하니 심하게 더럽지는 않아 5분 정도면 된다. 매일 아침 차 마실 물을 끓이는 동안 집안 바닥을 막대 걸레로 닦아준다. 허리를 구부리거나 물건을 옮기는 동작이 하나만 늘어도 청소가 엄청나게 귀찮아지기 때문에, 되도록 바닥에 물건을 두지 않으려고 한다. 쓰레기통이나 화분은 바퀴 달린 화분받침에 올려두면 옮기기가 쉽다. 일상 패턴의 일부로 자리 잡아 몸도 저절로 움직인다.

　이사를 하고 나서부터 청소 방법을 아직 정하지 못한 곳이 거실로 쓰는 다다미방이다. 다다미는 '빨아들이는' 작업을 해야 깔끔한데, 무선 청소기를 오래 사용하다 보니 흡입력이 조금 떨어지기 시작했다. 그래서 청소기로 빨아들인 뒤에 바닥용 마른 청소포로 밀어주니 미세한 먼지까지 잡을 수 있어 딱 좋았다. 매일 하는 청소는 바닥용 마른 청소포와 막대 걸레로만 닦아주고, 주 1회 청소는 청소기+막대 걸레로 하기로 했다. 고양이와 살게 되면 청소기를 새로 살 계획이지만, 지금은 이 정도로 버텨본다.

<5분 안에 끝나는 논스톱 청소>

청소도구는 허리를 숙이지 않고
꺼낼 수 있는 장소에 집결

바닥에
놓지 않고
옮기기 쉽게   물건은

벽
장

45쪽도 보세요

쓱

100엔 샵에서 산

바퀴 달린 화분받침
힘을 들이지 않고 이동

다
다
미
청
소

눈에 잘 띄지
않았지만
먼지가 꽤 붙어
있어서 놀람

우와

마른 청소포는
다다미 결을 따라

목욕을 할 때
전신 관리를 한다

욕실의 거울을 어느 정도 활용하는가? 나에게 거울은 무척 중요하다. 김이 서려 뿌옇게 되지 않도록 욕실에 들어가면 먼저 거울에 물을 묻히고 비누를 조금 칠한다. 세수할 때 덜 씻은 부분이 없는지, 컬러 트리트먼트(새치용)가 뭉치지 않고 잘 발라졌는지, 얼굴은 너무 피로해 보이지 않는지 등을 거울로 꼼꼼히 확인한다. 욕실이니 체형도 점검할 수 있다. 신경 쓰이는 배를 보기는 고통스럽지만 현실을 직시해야 한다. 늘어졌다 싶으면 욕조에 몸을 담근 그대로 허리 체조를 열심히 한다. 좌우로 비틀어주기만 해도 허리가 잘록 들어가므로 강력히

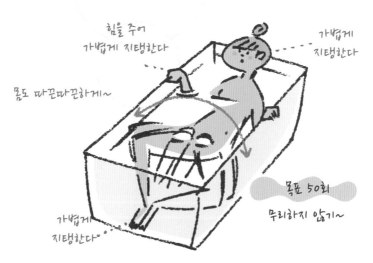

하면 할수록 잘록한 허리로!
〈허리 비틀기 운동〜〉

힘을 주어
가볍게 지탱한다

가볍게
지탱한다

몸도 따끈따끈하게〜

목표 50회

무리하지 않기〜

가볍게
지탱한다

상반신은 되도록 움직이지 않고 허리를 좌우로 돌려준다

추천한다.

또 목욕 시간을 기분 좋게 보내기 위해 매일 간단히 청소를 한다. 나갈 때 벽, 바닥, 거울에 물을 강하게 뿌려 더러운 것들은 흘려보내고 욕실 온도를 낮춘다. 그다음 틈새 세척솔로 배수구에 걸린 머리카락을 돌려 걷어낸다. 이 세척솔은 수건걸이에 S자 고리로 걸어 놓을 수 있고 꺼려지는 머리카락을 간단히 처리할 수 있는 중요한 도구다. 거울의 물기는 스퀴지로 깨끗하게 걷어내 반짝반짝하게 한다. 전에 살던 집에서 거울이 물때로 하얗게 뒤덮인 적이 있어서 이제는 절대 거르지 않고 꼭 닦아준다.

마지막으로 문 주위를 걸레로 닦고, 환기팬을 돌리기만 하면 된다. 바닥에 물건을 두지 않고 모두 걸어두면 곰팡이나 미끄러운 물때가 생기지 않게 유지할 수 있어 좋다. 매일 가볍게 청소를 하면 꼼꼼한 청소는 주 1회만 해도 괜찮다.

〈목욕 시간을 기분 좋게 보내기 위해〉

샴푸류는
매달아서 수납

틈새 세척솔로
머리카락을 걷어낸다

스퀴지로
거울의 물기를 닦는다

쇼핑
바구니 모양

철망
바구니

물빠짐이 좋다

사용이
끝나면
이렇게

감겨서 나온다

세척 솔을
돌리면

텀블러·중간마개 세척용
〈다이소〉

딱 맞는

크기로
빈틈없이

미니 스퀴지
〈OXO(옥소)〉

매일 식사의 강력한 무기
'마늘 오일 절임'

요리는 좋아하는 편이지만, 매일 하려니 귀찮게 느껴지는 날도 있다. 그럴 때 도움되는 것이 항상 준비해두는 '마늘 오일 절임'이다. 마늘 한 통을 잘게 다져서 병에 넣고 마늘이 잠기도록 올리브 오일을 붓기만 하면 된다. 병과 뚜껑은 미리 뜨거운 물을 부어 소독해둔다. 요리할 때 번거롭게 마늘을 다지지 않아도 되니 빨리 먹고 싶을 때나 음식을 만들기가 너무 귀찮은 날에 강력한 무기가 된다. 어떤 요리에나 잘 어울리지만, 특히 점심식사로 자주 만드는 파스타와 잘 어울린다. 이 마늘 오일 절임만 있으면 도마나 칼을 쓰지 않고 5분 만에 소스를 만들 수 있다.

추천 레시피는 간단하다. 먼저, 프라이팬에 마늘 오일 절임과 올리브 오일(기호에 맞게 추가)을 넣고, 그 위에 얇게 썬 양파와 참치를 넣은 다음 불에 올려 볶는다. 거기에 삶은 파스타를 넣고 마지막으로 집게로 빙글빙글 빠르게 저으면서 수분과 오일을 잘 섞어 소스가 걸쭉해지면 완성. 초고속으로 만든 메뉴지만 맛은 제대로다.

'마늘 오일 절임'을 넣은 채소 듬뿍 오일 찜도 추천한다. 르크루제 같은 두꺼운 냄비에 마늘 오일 절임과 좋아하는 채소를 넣은 다음, 소금, 올리브 오일, 물을 넣고 뚜껑을 덮은 뒤 5분 정도 찌면 된다. 저녁식사 반찬으로도, 친구가 왔을 때 대접하기에도 손색이 없다. 파스타에 올려도 맛있는 한 끼 메뉴가 된다.

올리브 오일을
한 번 두른다

콜리플라워도
맛있다!

물 6큰술

소금은
입맛대로

소송채 1/2단

브로콜리
반개

감자 1개
얇게 썰어서

마늘 오일 절임 2작은술

재료를 모두 넣은 뒤에
불을 켠다

채소가 익으면

완성

파스타를
넣으려면
이때

취향에 맞게
버터나
후추 첨가

냄비째로
식탁에 낸다!

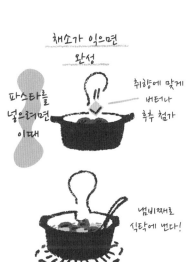

감자가 물근히
익어서 맛있다

파스타를 삶기 시작한다

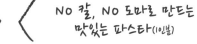

얇게 썬
양파
1/6개

올리브 오일 1큰술

참치 1작은술

마늘 오일 절임
2작은술

재료를 넣은 뒤
불을 켠다

맛에
변화 주기

숨죽은 양파

여기에
토마토페이스트를
넣으면
토마토 맛이
된다

파스타를 끓인 물을
넣으면서 푹 익힌다
3번 정도 반복한 뒤,
소금을 넣으며 맛을 본다

올리브 오일을
한번 두른다

파스타를
넣기 전에
레몬즙 1/2개를
넣으면
레몬 파스타가
된다

파스타를 넣는다

중요

빠르게 섞어
오일을 유화시킨다
소스가 걸쭉해지면 완성!

맛에
변화 주기

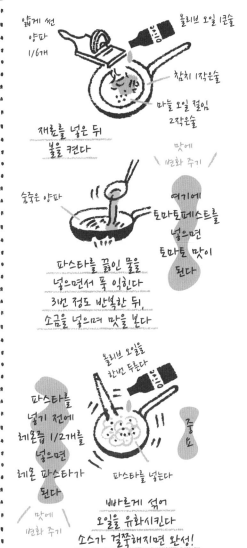

저녁식사는
간단한 반찬 위주의 정식

낮에는 면류 같은 일품요리를 먹을 때가 많으므로 저녁은 주로 균형 잡힌 정식 스타일로 먹는다. 밥과 건더기를 많이 넣은 미소 된장국에 주메뉴는 고기나 달걀 요리, 밑반찬은 채소와 낫토로 먹다가, 요즘은 주메뉴를 없애고 밑반찬 2~3가지로만 먹는 습관을 들였다. 운동을 하니 단백질을 고려해서 낫토는 반드시 곁들이고, 미소 된장국에는 두부나 유부를 넣는다. 제대로 된 고기나 생선과 같은 주메뉴는 외식할 때 적극적으로 먹기로 하고 집에서는 주 1~2회 정도만 먹기로 했다.

아주 기본적인 밑반찬은 시간 날 때 한꺼번에 만들어둔다. 1년 내내 만드는 것은 니비타시(채소를 간장 국물에 가볍게 익히는 요리-옮긴이)와 야키비타시(채소를 구워 간장 국물로 가볍게 간을 하는 요리-옮긴이)다. 니비타시는 육수에 술, 소금, 간장으로 간을 한 국물을 냄비에 보글보글 끓인 다음 채소를 넣고 아주 살짝 열을 가한다. 소송채, 유채, 새싹완두처럼 잎이 부드러운 채소라면 다 좋다. 야키비타시는 꽈리고추, 오쿠라, 여주, 피망, 아스파라거스, 버섯, 대파, 완두콩 같은 계절 채소를 냄비에 가볍게 볶아서 간장 국물을 붓고 원하는 만큼 부드럽게 될 때까지 끓여준다. 넣는 채소 종류를 늘리거나 유부, 튀긴 두부를 넣으면 볼륨감도 생긴다. 아마유를 두르고 국물까지 전부 먹기 때문에 육수는 진하게, 염분은 약하게 한다. 채소의 맛을 그대로 느낄 수 있어 매일 먹어도 질리지 않는다.

⟨정식 스타일로 차리는 매일 저녁 밥상⟩

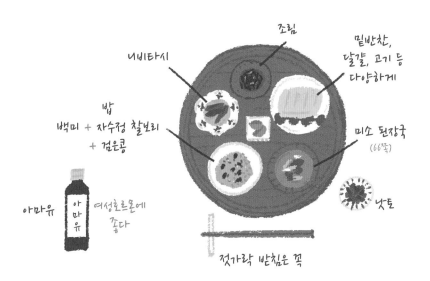

조림

니비타시

밑반찬,
달걀, 고기 등
다양하게

밥
백미 + 자수정 찰보리
+ 검은콩

미소 된장국
(66쪽)

아마유

여성호르몬에
좋다

낫토

젓가락 받침은 꼭

제철 채소를 다양하게 사용해 니비타시 & 야키비타시로!
간장 국물 / 육수, 술, 소금, 간장 조금

니비타시

간장 국물을 끓인다

채소를 넣고
가볍게 끓인다

야키비타시

참기름(조금)으로 채소를
가볍게 볶는다

간장 국물을 넣고
가볍게 끓인다

보관 용기에

미소 된장국은 하루의
영양 균형을 조절하는 역할

저녁식사에는 반드시 미소 된장국을 준비한다. 바쁠 때는 시중에 판매하는 반찬을 사기도 하지만, 미소 된장국만큼은 직접 끓인다. 세 가지 건더기 재료는 꼭 넣는다. 채소가 부족할 때는 나물 종류를 듬뿍 넣는다. 식단에 단백질이 부족할 때는 유부나 언두부, 두부를 넣어 보충한다. 건조 미역이나 도로로콘부(실처럼 가늘게 썰어 말린 다시마-옮긴이주) 같은 해조류는 바로 넣을 수 있어 시간을 줄여주는 재료이므로 항상 준비해놓고 자주 쓴다.

생선은 항상 부족한 듯하니 자주 쓰는 국물용 팩의 내용물을 꺼내어 그대

〈매일 먹는 메뉴에 가끔 변화 주기〉

두유로 크리미하게

토란, 마, 버섯
다 잘 어울린다

건더기가 익으면
두유를 넣는다
너무 푹 익히지 않도록 한다

가보스나 영귤을 짠다

껍질을 아래쪽으로
두고 짜면
향이 좋다

가보스 산지
오이타의 명물이다
맛이 감동!

로 먹는다. 예전에는 국물을 따로 내어 두기도 했는데, 거의 혼자 해 먹게 되니 국물 팩을 사용하는 것이 간편하다. 식생활이 엉망이 되기 쉬운 1인 가구라 더욱 미소 된장국이 하루의 영양 균형을 조절하는 중요한 역할을 한다.

미소와 국물의 향이 물씬 풍기는 갓 끓인 미소 된장국이 좋아서 미리 만들어두지 않고 매 끼니에 한 그릇 분량을 만든다. 지름 15㎝의 편수 냄비와 미니 사이즈 알뜰 주걱이 있어 그리 번거롭지 않다. 국물 팩 한 봉지는 미소 된장국 한 그릇 분량으로는 양이 많다. 국물 팩의 내용물을 미리 꺼내어 밀폐 용기에 넣어두면 원하는 양만큼 조절해서 쓰기 좋다. 작은 냄비에 한 그릇 분량의 국물을 끓이고 재료를 넣어 알뜰 주걱으로 미소 된장을 풀어주면 끝. 잘 사용하는 알뜰 주걱은 자그마한 크기는 물론, 휘어짐도 딱 좋아 냄비 안에서 빠르게 미소를 풀 수 있어 편리하다. 5분이면 맛있는 미소 된장국이 완성된다.

〈매일 하는 일이므로 크기가 작은 도구로 효율 높게〉

활용도가 높은
미니 알뜰 주걱(84쪽)
〈블랑쉬 어소시에이츠〉

누적 편리한 작은 냄비

소꿉놀이 크기

편수 15cm
〈데미프로 키친〉

국물 팩은
유리 밀폐 용기
(50ml)에
〈WECK〉

따르기
편리하다

평소에 쓸 수 있는
골동 그릇 고르기

예전에는 외국의 골동품을 좋아했는데, 지인에게 고이마리의 찻잔을 선물로 받은 뒤로 일본의 오래된 그릇에 관심이 생겼다. 취향도 있겠지만, 고이마리는 무늬와 색이 사용하기에도 편하고 가격도 적당한 것이 많아 초심자에게 추천한다. 반찬이나 과자를 놓기에도 좋고, 앞 접시로 쓰기에도 딱 적당한 작은 접시는 매일 식탁 위에 올릴 정도로 편리하다.

　지금은 골동 그릇을 매일 쓰고 있지만, 처음에는 고르는 방법조차 제대로 알지 못했다. 한 번은 색감만 보고 한눈에 반해 접시를 샀는데, 작은 금이 가 있어 쓰다보니 서서히 갈라져버린 적도 있었다. 몇 번 실패를 거듭한 뒤, 지금은 나름대로 기준이 생겼다. 우선 외관이 취향에 맞는지 보고, 다음으로는 깨지거나 금 간 곳이 없는지, 작은 균열이 있지는 않은지 자세히 확인한다. 골동 그릇이 처음이라면 우선 하나만 사보고 어울릴 만한 물건을 사서 채워가는 편이 좋다. 골동품 시장에서 주인에게 문양이나 시대 배경을 물어보기도 하고, 야후 옥션이나 고미술상의 사이트를 찾아보며 지식을 얻는 것도 마음에 꼭 드는 물건을 발견하는 단서가 된다. 이렇게 하나씩 천천히 그릇을 갖추어 가면서 정말로 좋아하는 것을 알게 되었고, 50대 이후 물건을 선택하는 기준도 생긴 것 같다.

---

*　남빛 무늬를 넣은 자기 - 옮긴이

**　표면에 채색한 자기 - 옮긴이

***　순백색 자기 - 옮긴이

〈평소에도 사용할 수 있는 골동 그릇 입문〉

에도시대에 일본의 아리타 등지에서 만들던 자기를 '고이마리'라고 한다
〈여러 가지 설이 있음〉

대표적인   고이마리 종류

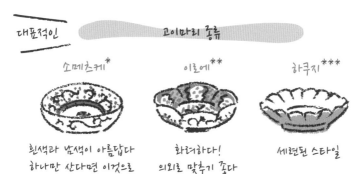

소메츠케*   이로에**   하쿠지***

흰색과 남색이 아름답다   화려하다!   세련된 스타일
하나만 산다면 이것으로   의외로 맞추기 좋다

사용하기 좋아 추천하는 모양

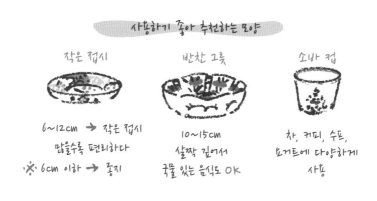

작은 접시   반찬 그릇   소바 컵

6~12cm ➡ 작은 접시   10~15cm   차, 커피, 수프,
많을수록 편리하다   살짝 깊어서   요거트에 다양하게
✳ 6cm 이하 ➡ 종지   국물 있는 음식도 OK   사용

마음에 드는 문양을 발견하는 것도 재미있다

식물   동물   인물   풍경
                          서양인
                          느낌
                                    느긋~

골동 그릇 다루기와
킨츠기

골동 그릇은 쉽게 깨질 거라 생각하기 쉽지만, 몇 백년이나 전에 만들어진 물건이 아직 남아 있다는 사실은 반대로 무척 튼튼하다는 뜻이기도 하다. 몇 가지만 특별히 신경 쓰면 편하게 사용할 수 있는 생활 도구다. 그러나 골동 그릇을 평소에 사용하려면 조심해야 할 일도 있다. 한 번은 이로에 찻잔을 식기 세척기에 넣고 돌려서 선명한 색이 파스텔색으로 흐려진 적이 있다. 무척 속상했지만, 그렇게 하나씩 취급 방법을 알아가게 되었다. 남색의 농담이 아름다운 소메츠케는 다루기가 조금 더 쉽다. 찻물 얼룩이나 물때에는 표백제를 사용할

〈오래된 그릇은 이런 점만 조심하면 괜찮다〉

표백제

나이프
포크 ✕

전자레인지 ✕

거친 스펀지 ✕

식기
세척기 ✕

이로에 ✕ 소메츠케 ○

✳ 문양이 유약으로 코팅되어
있는지 아닌지의 차이

수 있어서 일상적으로 사용하기에 더 좋다.

킨츠기를 시작한 이유도 아끼는 그릇을 고치면서 오래 사용하고 싶다는 생각이 들어서다. 5년 정도 전에 킨츠기 교실에 다니며 기본은 어느 정도 배웠다. 집에서도 계속하고 싶어서 알아보니, 킨츠기에는 인공 수지를 사용하는 간이 킨츠기와 천연 옻을 사용하는 혼킨츠기가 있다고 한다. 내가 배운 단기 교실 같은 곳은 건조도 빠르고 옻오름도 적은 간이 복원을 주로 가르친다. 이왕 시작했으니 혼킨츠기도 해보고 싶어 책과 인터넷, 학원에서 배운 것을 참고하면서 독학으로 공부도 했다.

혼킨츠기는 과정이 까다로워 지금도 실패하고 고치기를 반복하고 있다. 하지만 그 번거로운 작업을 거치기에 아름다운 그릇으로 다시 태어날 때의 감동은 한층 더 진하다. 앞으로도 계속 이어나가고 싶은 취미가 되었다.

〈킨츠기는 재료와 도구 준비가 어렵다〉

간이 킨츠기 또는 혼킨츠기 세트를 사볼까

워크숍에 참가해보자

딱 맞게 갖추어진 키트 추천

혼자서도 해보고 싶다

금가루 황토가루 생옻 테레빈유 밀가루

직행

이만큼만 봐도 어렵겠다 싶을 땐

인스타그램에서 #킨츠기를 팔로우 워크숍, 수리복원 의뢰 정보도 찾을 수 있다

전문가에게 맡기자

몸과 마음에 잘 맞는 차
매일 즐기는 티타임

루이보스차, 중국차…… 유행이나 분위기에 따라 다양한 차를 마셔봤지만, 지금은 일본차가 가장 편안하게 느껴진다. 40대 중반에 여행으로 갔던 교토의 한 주택가, 찻잎을 파는 평범한 가게에서 주인이 끓여준 차 한 잔이 정말 맛있었는데, 그 일을 계기로 집에서는 일본차를 많이 마시게 되었다. 요즘 즐겨 마시는 것은 센차(煎茶)보다는 카페인이 적은 반차(番茶)나 호지차다. 나는 주로 아침에 차를 마신다. 4년 정도 전부터 아침밥을 먹지 않고 일본차에 말린 과일이나 생과일 또는 견과류를 곁들여 먹는 것이 습관이 되었다. 몸에도 마음에도 잘 맞는 것 같다.

　차를 끓일 때는 데드 스톡의 커다란 찻주전자와 유리 포트를 사용한다. 우선 찻주전자에 찻잎을 넣고 뜨거운 물을 부은 뒤 2~3분 뜸을 들인다. 그다음 유리 포트에 옮긴 후 찻잔에 따른다. 이 과정에서 온도가 적당하게 맞추어지며 맛도 부드러워진다. 번거롭다고 찻주전자에서 따라 바로 마시면 아무래도 혀에 닿는 느낌이 다르다. 찻잎도, 차를 우리는 순서도 교토의 찻집과는 다르지만, 느긋하고 차분한 분위기가 마치 선인 같았던 찻집 주인을 떠올리면서 조용하게 차를 따르고 마지막 한 방울까지 떨어뜨리는 정성을 흉내 내어 차를 우리다 보면, 내가 얼마나 분주하게 살고 있는지를 깨닫게 된다. 바쁜 하루하루 속에서 무척 소중한 시간이다.

〈늘 마시는 차와 곁들이는 먹을거리〉

늘 마시는 찻잎

오랫동안
마시고 있다
선물로도 좋다

겐쇼카가보차
〈마루하치
제차장〉

이 제품
덕분에
반찬을
좋아하게
되었다

유기 반차
〈신세이와
타라이차〉

유기농인데 300엔대!

사과

차에 곁들이는 음식은
생과일이나
말린 과일

작은 접시나
종지를 고르는
재미도 있다

생 호두와
대추야자

오디
(뽕나무 열매)

프랑스식 아로마 테라피로
몸의 균형을 조절한다

프랑스식 아로마 테라피를 알게 된 것은 몇 년 전, 친구에게 소개받은 책을 보고 나서다. 동양의 한방 의료처럼 프랑스에서도 의사가 병을 치료하기 위해 의료용 아로마 오일을 처방하기도 하는데, 국가에서 의료행위로 인정한다고 한다. 긴장을 해소한다는 이미지가 강했던 아로마 테라피를 치료로 사용한다는 사실에 깜짝 놀랐다. 그 뒤로 아로마 테라피 워크숍에도 참가하고 내 몸에 직접 시험해보기도 했다.

아로마 테라피를 활용하면 감기에 라벤더와 티트리, 유칼립투스 세 종류로 폭넓게 대응할 수 있다. 예방하려면 외출 시에 세 아로마 오일을 섞은 미스트를 마스크에 뿌린다. 감기 기운을 느낄 때, 디퓨저에 이 세 가지를 몇 방울씩 떨어뜨려 실내에 퍼지게 하면 감기에 걸리지 않을 확률이 높아진다. 또 기침이 떨어지지 않아 괴롭고 잠을 잘 수 없을 때는 유칼립투스 오일을 적신 티슈를 베개 밑에 둔다. 이 방법으로 기침이 딱 멎은 적이 있어 그 뒤로 부적처럼 쓰고 있다. 물론 그렇게 대처가 되지 않을 때는 얼른 병원에 간다.

갱년기 관리로는 여성호르몬과 비슷하게 작용하는 아로마 오일 클라리 세이지를 메인으로 한 블렌드 오일이 좋다. 컨디션이 좋지 않을 때, 명치 부근에 발라준다. 내 몸의 소리를 들으면서 편안하게 나를 보살필 수 있는 아로마 테라피, 앞으로도 이어나갈 것이다.

＜세 가지 아로마 오일로 감기에 맞선다＞

항균작용이 우수

라벤더   티트리

코와 목의 트러블에

유칼립투스

메디컬 그레이드로
품질이 우수한
아로마 오일을
사용한다

＜닥터 발넷＞

고농도로 사용해 제대로 효과를 낼 수 있게 하는 것이 프랑스식

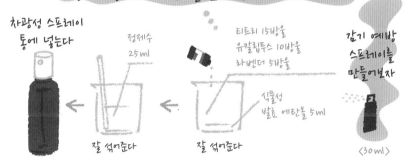

차광성 스프레이
통에 넣는다

정제수
25ml

잘 섞어준다

티트리 15방울
유칼립투스 10방울
라벤더 5방울

식물성
발효 에탄올 5ml

잘 섞어준다

감기 예방
스프레이를
만들어보자

＜30ml＞

감기가 유행하는 시기에는 고령 정도 상비

안심~   주머니에도
            하나

외출할 때
마스크에
칙~

스프레이를
신발장 위
바구니에
넣어둔다

※ 정확한 지식을 알아보고, 잘못된 자기만의 방법으로 사용하지 않도록 조심~

75

매일 뜸 요법으로
'생기 있는 신체'

아로마 테라피와 병행해 스스로 몸 상태를 관리하는 방법 중 하나로 뜸이 있다. 40대 중반을 지날 즈음부터 계절이 바뀔 때마다 감기에 걸리고 체력과 면역력이 급격히 떨어지는 느낌이 들었다. 그즈음 긴자에 있는 '천년뜸 전시장'에 들르게 되었다. 매장에서 뜸을 뜨는 방법을 배워, 개선하고 싶은 증상에 맞는 경혈 자리에 불을 붙인 뜸을 놓기만 하면 되니 생각보다 간단하다. 따뜻하게 하는 관리가 몸이 찬 나에게 잘 맞는 것 같아 바로 뜸 생활을 시작했다.

효과를 실감한 것은 뜸을 다 써서 3개월 정도 쉬었을 때였다. '요즘 왜 이렇

<**혼자 뜸 뜨는 방법**>

5분 정도 기다린다

뜨끈 뜨끈   서서히

반침이 식으면 끝

다 타버리고 연기가 사라진다

불을 붙인다

쑥이 들어 있다

반침

나는 따뜻한 정도인 레벨 2 제품을 애용한다

천년뜸 아로마큐

천년뜸에는 온열 레벨이 5단계가 있다
레벨은 1~5까지 효과는 모두 같다

천년뜸 아로마큐
<천년뜸>

게 피곤하지? 뜸을 뜨지 않아서 그럴지도 모르겠다'라는 생각이 들 정도로 몸 상태가 달라졌음을 깨달았다. 그 뒤로 다시 매일 뜸을 놓기 시작하니 '생기 있는 몸'이 되었다.

뜸에서 중요한 것은 경혈 자리 선택이다. 처음에는 시험 삼아 여기저기 놓아보았는데, 온몸에 있는 무수히 많은 경혈을 일일이 알아보기도 쉽지 않았다. 그래서 어깨결림 해소, 면역력 높이기, 호르몬 균형 바로 잡기와 같이 50대인 내 몸에 꼭 필요한 경혈 자리인 합곡, 족삼리, 태충 세 곳을 선택했다. 이 세 군데는 모두 의자에 앉은 자세 그대로 혼자 뜸을 놓을 수 있는 위치다.

뜸은 자기 전 몸의 긴장을 푸는 시간에 뜬다. 의자에 앉아 좋아하는 유튜브 영상을 보거나 책을 읽으면서 뜸이 천천히 따뜻해지는 것을 느끼며 느긋하게 시간을 보낸다.

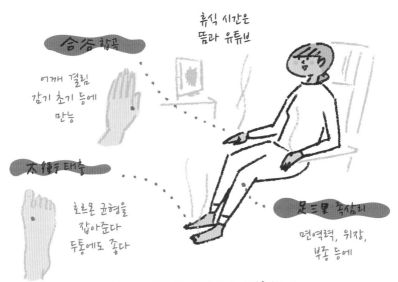

〈효과 좋은 경혈 자리 세 곳을 공략한다〉

휴식 시간은
뜸과 유튜브

合谷 합곡

어깨 결림
감기 초기 등에
만능

太衝두 태충

호르몬 균형을
잡아준다
두통에도 좋다

足三里 족삼리

면역력, 위장,
부종 등에

한 번에 한두 곳, 좌우 동시에 뜸을 놓는다

냄새, 습기 제거는 대나무 숯으로,
무리하지 않는 친환경 생활

새로 이사한 집은 지은 지 30년 된 집이라 냄새나 습기가 문제인 장소가 있다. 막 이사했을 때는 시판 제습제와 냄새 제거제를 사용했는데, 집이 넓어진 만큼 교환할 때 나오는 플리스틱 쓰레기가 너무 많아 깜짝 놀랐다. 조금이라도 환경을 생각하는 방법이 없을까 생각하다가 대나무 숯(맹종죽)을 사용해보기로 했다.

대나무 숯은 냄새를 제거하고, 습기가 많을 때는 수분을 흡수하며 건조할 때는 흡수한 수분을 방출해 습도를 조절해주어 좋다. 일단 인터넷 전문점에서 대나무 숯 2킬로그램을 주문했다. 펼쳐보니 분량은 신문지 2장 정도였다. 벽장 위아래, 반쪽짜리 옷장, 화장실, 일반쓰레기 위, 세면대에 설치했다. 신발장에는 100엔 샵에서 산 대나무 숯을 채워 넣었다. 숯을 놓고 며칠 동안은 매일 냄새를 체크했다. 가장 걱정이었던 옷장은 1주일 정도 지나니 꽤 괜찮아졌다.

대나무 숯의 냄새, 습기 제거 기간에 대해 전문점에 물어보니 먼지가 쌓이면 효과가 떨어지니 물로 씻어 먼지를 없애고 말리면 반복해서 쓸 수 있다고 한다. 냄새 제거 효과는 반년, 습기 제거 효과는 반영구적이라고 한다. 다 쓴 대나무 숯은 토양개량제로 원예 흙에 섞어 사용하면 되니 버리는 것 없이 끝까지 다 쓸 수 있다. 식물이 많은 우리 집에 딱 맞는 소소한 친환경 생활 필수품이다.

〈대나무 숯을 집안 곳곳에 배치〉

대나무 숯

종이에 싸서
바구니에

이런 세트를
많이 만들어
여기저기 배치

화장실

벽장
상단, 하단
총 네 군데

부직포 봉투에 들어 있는
2팩입 〈다이소〉

신발장
신발 안에 바로
대나무 숯을 넣으면
냄새가 줄어든다

대나무 숯은
건조도
빠르다

베란다에서
신문지에
늘어놓고
말린다

물로 씻을 때는 조금 번거롭지만…

가볍게
흔들어
씻는다

플라스틱 상자
(84쪽)

재난 대비 비상식량
맛도 놓치지 않는 롤링 스톡법

독신으로 사는 여성 세 명이 모여 식사를 하며 대화를 하던 중 '혹시 모를 일에 대비해 비상식량이 필요하다'는 이야기가 나왔다. 나 외에 다른 두 사람은 신중한 유형이라, 일주일 이상 혼자서 살아남을 수 있게 비상식량을 비축해두었다고 한다. 두 사람에게 들어보니 롤링 스톡이라는 비축법이 있다고 하는데, 건빵 같은 보존식이 아니라 건조식품이나 캔, 인스턴트 면, 레토르트 식품 등을 저장해두고 평소에 사용하면서 새로 사서 보충하는 방법이다. 유통기한을 신경 쓰지 않아도 되고, 비상시에 평소와 비슷하게 먹을 수 있으니 마음도 불안하지 않다.

이사할 때 우리 집의 비상시 대비 물품을 꺼내어보니, 죄다 유통기한이 지난 것뿐이었다. 레토르트 식품 등을 시험 삼아 사서 비교하며 먹어보았는데 지금까지는 적극적으로 사 먹지 않았던 이 상품들이 모두 맛있게 진화했다. 이 정도면 평소 생활에서도 활용할 수 있겠다고 생각해 롤링 스톡법을 실천하기로 했다. 건조 채소와 고등어 통조림은 사용하기도 무척 편리하고 자르지 않아도 되어 좋았다.

비축용 물은 1일 1인 3리터가 목표라고 하니, 묶음으로 사두면 3~5일분 정도 된다. 예전에는 2리터 병으로 준비해두었는데, 유통기한이 얼마 남지 않았을 때 사용하기가 불편해서 이번에는 500밀리리터 크기로 준비했다. 외출할 때 들고 나갈 용도로도 쓰고, 보온병과 같이 사용하며 계속 사서 채워 놓기로 했다.

\ 쓸모가 많아 /
〈마음에 드는 보존식품〉

평소에도
활용하기
좋게
맛있는 것을
고른다

건조 채소 (규슈산 무청)

미소 된장국,
인스턴트 라면
컵수프에 편리!

시금치, 대파도 저장 가능

고등어 통조림

\ 한 가지 반찬이 더 필요할 때 자주 만든다 /

얇게 썬 자색 양파

고등어 통조림

유자 후추

올리브 오일
한 방울

여러 가지를 먹어보고
마음에 드는 브랜드 제품을
정해 저장한다

\ 어디든 조금씩 넣어주는 /
양파는 떨어지지 않게 한다

부피가
큰 것은
여기에

다다미 실
서랍장 하단을
저장용으로
비워두었다

얇게 썬 양파는
1년 내내 먹는다

작은 아이디어로 생활 개선하기
'사서 좋은 것'과 '버려서 후련한 것'

쇼핑을 가보면 편리한 물건이 너무 많다. 일단 보면 자기도 모르게 갖고 싶어지는데, 가격을 상관하지 않고 '살까', '쓸모 있겠는데' 이런 이유로 사지는 않는다. 지금보다 생활을 개선할 물건, ○○전용이 아니라 다용도로 사용할 수 있는 제품, 디자인이나 색도 좋은 제품, 이런 상품이라면 '산다'.

최근에 '사서 좋았던' 물건은 세면대에 붙여둔 무인양품의 LED 센서 등이다. 밤에 화장실에 가려고 깼을 때 세면대를 은은하게 밝혀주고 있다. 불을 켜면 너무 밝고, 깜깜하면 불편하니 이런 작은 장치가 도움이 된다. 낮에도 빛이 닿지 않는 장소에 달아두어도 좋다. 이케아의 커튼 고리는 냉장고 안 조미료, 벽장에 수납하는 청소도구 등, 집 곳곳에 걸어두고 수납에 사용한다. 이처럼 '다른 용도로 쓸 수 없을까?' 하고 고민하다가 아이디어가 번뜩 떠오를 때는 소소하게 즐거움도 느낀다.

한편, '버려서 후련한' 물건도 있다. 예를 들면, 슬리퍼 같은 것 말이다. 예전에는 '마룻바닥 = 슬리퍼'라고 생각했다. 하지만 슬리퍼는 시간이 지나면 더러워지고 자리도 많이 차지한다. 큰마음 먹고 버렸는데, 여름은 맨발, 겨울은 두꺼운 양말로도 충분하다. 슬리퍼를 없애고부터 발이 더러워지지 않도록 매일 막대 걸레로 닦아주게 되었다. 스트레스였던 슬리퍼 문제가 가볍게 사라져 마음도 후련해졌다.

〈있으면 좋은 것〉

커튼용으로 샀는데 (42쪽)

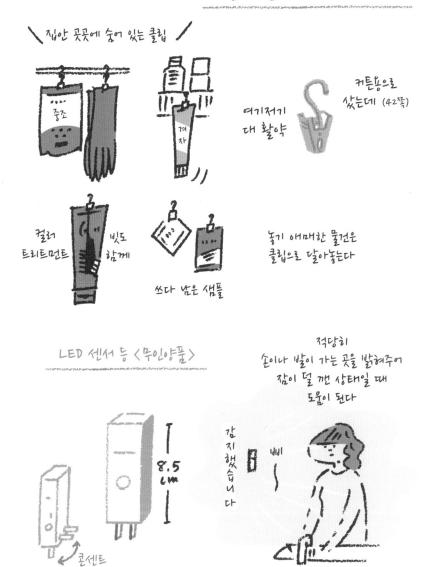

클립이 달린 커튼 고리 〈이케아〉

\집안 곳곳에 숨어 있는 클립/

중조

겨자

여기저기 대 활약

컬러 트리트먼트

빗도 함께

쓰다 남은 샘플

놓기 애매한 물건은 클립으로 달아놓는다

LED 센서 등 〈무인양품〉

8.5 cm

콘센트

감지했습니다

삐

적당히 손이나 발이 가는 곳을 밝혀주어 잠이 덜 깬 상태일 때 도움이 된다

〈있으면 좋은 것〉

미니 알뜰 주걱 〈블랑쉬 어소시에이츠〉

깔끔해~

빙글

실리콘으로 된
휘어지는 부분이 넓어
어떤 곡선에도
빈틈이 생기지 않고
딱 맞다!

깨끗하게
뜰 수 있다

길이 15cm

시라유키 참숯 함유 행주

* 튼튼하다
* 흡수가 빠르다
* 때가 잘 타지 않는다
* 냄새가 나지 않는다
* 잘 마른다
* 세련된 회색~

세 장을 바꾸어가며 사용한다

사각 플라스틱 상자 〈can DO〉

섬세한 옷을 손빨래할 때나
담가둘 때는 사각형이 좋다

대나무
숯(78쪽)도
여기서 씻는다

개어놓은 니트가 딱 맞다!

35cm

26cm

9cm

무척 평범하다

⟨버려야 후련한 것⟩

슬리퍼

자주 쓰지도
않는데
자리를
꽤 많이
차지한다

버리니
후련!

예전에는 손님용도
여러 개씩
준비해두었다

다이어트 슬리퍼를 신던
시기도 있었다

부엌 매트

먼지

물

복합적인
때

젖
어
있
다

더러울 때
닦으면
된다

기름 얼룩

점점 깔끔함이 사라지는 존재

버리니 후련!

막대 걸레로
닦기
편해졌다

기운이 없을 때는 고기반찬을 먹는다. 요즘
자주 먹는 요리는 지방을 연소시키는 L 카르
니틴이 들어간 양고기다. 마늘과 커민을 듬
뿍 뿌려 볶은 뒤, 불을 끄고 얇게 썬 양파를
넣어 남은 열로 섞어준다.

식기장에는 골동 그릇과 여행지에서 발견
한 그릇 등을 진열해 보여주는 수납으로
바라보기만 해도 행복하다. 일본 외에도
대만, 홍콩 등 다국적 물건들이 있다.

요즘은 조미료도 간소화해서 소금을 자
주 쓴다. 일본 요리에는 해초 소금으로,
서양 요리에는 이탈리아의 암염으로 구
분해서 쓴다. 중고거래로 산 작은 앤틱
항아리는 크기와 입구 너비가 소금단지
로 쓰기에 아주 좋다.

매일 아침, 찻물을 끓이는 동안 바닥을 청소한다. 귀찮을 때도 있지만, 청소가 끝난 뒤 상쾌한 기분이 좋아서 습관을 들였다. 청소가 끝나면 마음 속 스위치도 켜진다.

부엌의 싱크대는 지나치게 알록달록하지 않도록 주방 세제 통의 라벨을 모두 벗긴다. 스펀지는 세리아에서 샀다. 색, 모양, 촉감, 물 빠짐, 가격 모든 면에서 완벽하게 마음에 드는 물건이다. 재구매해서 쓰고 있다.

세면대 배수 마개는 사용하지 않을 때 걸리적거리므로 벽에 투명 흡착판 고리를 붙여서 걸어둔다. 사소하지만 일상의 스트레스를 줄여주어 마음이 편해진다.

세면대에 설치한 무인양품 LED 센서 등은 밤에 화장실에 가려고 깼을 때, 은은하게 밝혀주어 편리하다. 세탁기 위 선반은 북엔드를 이용해 수건을 꽂아서 보여주는 수납장으로 활용한다.

찻주전자는 '도쿄 벼룩시장'에서 발견한 데드 스톡 제품이다. 손잡이가 망가져 버려, 인터넷에서 찾은 금속 세공사에게 유기제품으로 특수주문해 바꾸어 달았다. 이런 작업도 즐거운 일이다.

야후 옥션에서 발견한 오래된 쟁반, 소바컵은 고이마리, 소메츠케 작은 접시는 친구가 여행 기념품으로 가져온 네덜란드의 빈티지 제품이다. 시대도 국적도 제각각인데, 무척 잘 어울려 기분까지 좋아진다.

(위) 찻잎, 커피, 필터 등 차 관련 용품은 인도네시아의 아타 바구니에 정리해 넣어둔다. 안에 넣는 물건도, 바구니도 마음에 쏙 들어 보고만 있어도 기분
이 설렌다.

(아래) 차 용품을 넣는 바구니는 손잡이가 달려 있어 옮기기도 좋다. 평소에는 무인양품 선반 위에 놓아두지만, 사용할 때는 주방 식탁으로 옮긴다. 아타
바구니는 내용물을 바꾸어 가며 오랫동안 잘 사용하고 있다.

어깨결림이나 초기 감기에 효과적인 경혈 자리 '합곡'에 뜸을 놓는다. 은은히 따뜻해지면서 긴장을 풀어준다. 뜸은 조금씩 나누어 작은 상자에 넣고 언제든지 쓸 수 있게 해둔다.

프랑스식 아로마 테라피에서 쓰는 아로마 오일은 '닥터 발넷'의 제품으로 인터넷 정식판매점에서 샀다. 블렌딩한 것은 차광 병에 넣어둔다. UV 차단, 갱년기, 근육통, 바이러스 차단 용도로 일 년 내내 활용한다.

3

건강과 돈

지속하지 못했던 운동
마음먹고 한 발 내디뎌보자

발레, 요가, 달리기…… 운동을 습관으로 만들고 싶다고 생각은 했지만, 오랫동안 지속했던 적이 한 번도 없었다. 그런데 우연한 계기로 시작한 가라테는 벌써 5년째 이어오고 있다. 걸핏하면 우울해지던 45세 즈음에, 몸을 움직여야 한다고 친구가 메일로 체조 영상을 보내주었다. 영상에 맞추어 몸을 움직여보니 기분이 상쾌해지고 몸도 한결 가벼워졌다. 몸을 움직이는 것이 기분을 전환시켜주는 계기가 되겠다는 생각이 들어 다음날 고등학교 시절에 동아리 활동으로 했던 가라테 수업을 체험하고 바로 등록하기로 했다.

그 뒤로 주 1~2회 계속 수련을 하다보니 어느샌가 우울하던 마음이 해소되었다. 수업 중에는 가라테에 집중하니 일상을 완벽하게 잊을 수 있다. 몸을 움직이고 나면 안개가 걷혀 맑아지듯 개운해진다.

초반에는 운동이 목적이라 가라테를 잘하게 되는 데는 그다지 적극적이지 않았지만, 점차 '생각한 대로 몸을 움직일 수 있으니 즐겁다', '시합에 나가면 결과가 어떨까?' 하고 더 잘하고 싶은 마음이 생기기 시작했다. 지금도 실력은 더디게 늘고 있지만, 노력한 만큼 성취가 조금씩 생기고 내 안에 있는 성장 가능성을 발견했다는 사실에 살짝 감동하고 있다.

나이가 들면 새로운 환경에 뛰어들기가 귀찮아진다. 그래서 그때, 마음먹고 한 발 내디뎠던 것이 정말 다행이었다고 또 한 번 생각한다. 가라테는 어렵게 만난 '너무나 즐거운' 일 중 하나가 되었다.

〈기질에 맞는 일이 즐거움으로〉

가
라
테

나에게는
발레보다
가라테가
잘 맞는다

도복을 입으면
'좋아, 해 보자'
하고
생각하게
된다

띠를 매면
사기가
올라간다

살
짝
접
해
보
았
던

발
레

사랑스러운
포즈를
취하기가
어색하다

분홍색 타이츠,
레오타드가
쑥스럽다

시간이 되면

바로 갈 수 있게

자,
일이
끝났으니
다녀
오자

가라테 수업 날은

미리 준비를 끝내두고

유지하기 위해

귀찮아지지
않게 할 방법을
연구한다

운동 덕분에
몸에 생긴 즐거운 변화

가라테를 시작했을 즈음의 나는 체력도 약하고, 환절기가 되면 어김없이 감기에 걸렸다. 윗몸일으키기를 1회도 하지 못했고 수업 시간에 내 몸을 버티지도 못해 넘어지기도 했다. 변화를 느낀 것은 가라테를 시작하고 3년 정도 되었을 때다. 체력이 붙었는지 일상생활에서도 예전보다 덜 피곤하고, 감기에도 잘 걸리지 않았다. 걸리더라도 회복도 빨라졌다. 가장 큰 변화는 살이 잘 찌지 않게 되었다는 점이다. 40대에 들어서는 먹는 대로 살이 쪄서 잘 빠지지 않았는데, 지금은 체중을 신경 쓰지 않고 원하는 대로 먹고 마실 수 있다. 이보다 더 행복할 수는 없다!

더 큰 변화는 4년째 어느 날, 1회도 제대로 못 하던 윗몸일으키기를 쉽게 할 수 있게 된 것이다. 독하게 단련하지도 않았고, 근육이 잘 붙는 체질도 아닌데 티끌도 모으니 근육이 되었다! 몸에 일어난 일련의 변화는 허리를 낮추고 하반신에 체중을 싣는 가라테 자세로 자연스럽게 적절한 근육이 붙었기 때문이라고 생각한다. 그렇지만 얼마 되지 않는 근육 저축이 떨어지는 속도는 무척 빠르다. 잠시 수업을 쉬면 눈 깜짝할 새에 근육이 없어지고 다시 금방 살이 찐다. 수업에 가지 않을 때는 바른 자세로 빠르게 걷고, 집안에서는 발끝으로 걷는 등, 근력을 유지하기에는 많이 부족해도, 일상에서 최대한 몸을 많이 움직이려고 노력하고 있다. 50대에 근육의 중요성을 깨달았으므로 앞으로도 쭉 이어 나갈 생각이다.

⟨근육을 위해 틈틈이 하는 동작들⟩

시간 날 때마다 스쿼트
바닥에서 물건을 들어 올릴 때

집 안에서는
발끝으로 걸어서 이동

허리를 숙이지 않고
일어날 때
천천히

시간 날 때마다 걷기

● 역까지, 슈퍼마켓까지,
되도록 '걷기'를 선택한다

● 바른 자세로 시선은 앞으로,
보폭은 크게

오추전만이
되기 쉬우므로
골반을 세우려고
노력한다

가계 관리는 가계부 쓰기부터
저축 늘리기를 목표로

50세를 앞두고, 나에게는 어려운 일이라고 생각했던 가계 관리도 제대로 해봐야겠다고 마음을 먹었다. 나중으로 미루어왔던 노후대비 저축을 늘리기 위해 먼저 가계부를 쓰기 시작했다. 가계부 애플리케이션을 몇 개 시험해보고 조작이 간단하고 사용하기 편한 것으로 선택했다. 몇 개월 계속 써보니 '1개월 생활비'가 보이기 시작했다. 지금까지는 대략적으로만 관리해왔지만 매달 수입과 지출을 정확하게 파악하고 이 정도의 금액이면 생활할 수 있을 거라 알게 되니 돈에 대한 불안이 많이 사라졌다.

〈가계부가 가져다준 것〉

이사를 떠올린다

집세를 확 낮추자!

가계부 쓰기 시작

가계부 애플리케이션을 이용

계산서, 영수증은 전용 상자에 넣는다
밀리면 하기 싫어지니
성실하게 적는다

그리고 가계부를 1년 정도 계속 쓰다보니 지출 중에서 금액이 큰 고정비를 줄이고 그만큼을 저축으로 돌려야겠다는 생각도 들었다. 가장 큰 고정비는 바로 주거비였는데, 이번 이사로 지출을 크게 줄일 수 있었다. 다음으로는 습관적으로 내고 있던 통신비를 다시 점검했다. 인터넷과 집 전화용 회선은 업체를 바꾸고 휴대전화도 같은 회사의 알뜰 요금제로 바꾸었다. 통신사 관련 요금 체계가 너무 복잡해 헷갈리기는 했지만, 고객센터에 끈기 있게 물어가며 겨우 해결했다. 월 6,100엔, 연간으로 치면 7만 3,200엔 절감에 성공!

평소에 장을 볼 때 조금씩 줄이는 것보다 고정비를 재검토하는 것이 가계 상황 개선에 크게 도움이 된다. 이것은 가계부를 써보고 나서야 알게 되었다. 노후 대비 저축액이 늘어가는 것이 조금씩 눈에 보이기 시작했다.

이사

좋아~

월 -43,000엔

알뜰 요금제로

인터넷 회선 갈아타기

가정용 절합 할인으로

필요 없는 옵션은 해약

다 합쳐서 월 -6,100엔

헷갈려~

인터넷 회선

사이트를 봐도 ? 고객센터에 전화로 문의

재검토로 줄줄이 절감! ♥

보험 월 -5,000엔 (다음 페이지에)

세 가지 고정비에서

TOTAL 월 -54,100엔
연 -649,200엔

Goal! 목표 달성! 이 아니라 이제부터 시작

50대부터의 보험은
직접 설계한다

고정비 재검토 이야기는 아직 끝나지 않았다. 다음은 재검토의 여지가 다분한 의료보험과 암보험이다. 지금 가입된 보험은 6년 전, 재혼하지 않고 혼자 살기로 정했을 때 들었던 것이다. 미래가 불안했기에 보험료 예산을 약 1만 엔으로 정하고, 가능한 한 충분히 보장되는 상품으로 결정했다. 하지만 최근 몇 년 동안 보험에 대해 생각이 바뀌었다. 큰 병에 걸렸을 때는 국가 건강보험의 고액요양비 제도가 있으니 민간보험은 최소한의 보장이면 충분하다. 보험료를 줄인 만큼은 저축으로 돌리는 편이 혼자 살아가야 하는 나에게는 치료비가 아닌 다른 용도로도 사용할 수 있으니 더 든든하다. 그래서 중점적으로 점검할 부분을 정리했다.

- 보험료를 감액. 돌려받지 못해도 납득할 수 있는 금액으로 한다. 목표는 절반으로.
- 암 진단에 받을 수 있는 진단금(어디에 써도 상관없음)을 우선한다. 부모님 모두 암에 걸린 적이 있어 최소한의 안전장치를 마련하고 싶다.

6년 전과 마찬가지로 여러 보험을 비교하면서 상담할 수 있는 보험 비교 사이트를 이용했다. 예전과 달라진 점은 나 나름대로 재검토 안을 가지고 문의하고 상담할 수 있었다는 것이다. 그 결과, 새 보험에 다시 가입하지 않고 현재 보험 내용을 재검토해 적절한 구성으로, 보험료도 매달 5천 엔 정도 절약하게 되었다. 막연한 불안감 때문에 높은 보험료를 계속 내기만 하다가, 목적을 가지고 재검토해 지금의 내가 수긍할 수 있는 보험 내용으로 바꿀 수 있었다.

〈보험 두 개를 단순하게〉 메인은 암보험의 암 진단금

돈이 어디에 필요할지, 어디에 쓸지
그 상황이 되어보지 않으면 알 수 없다!

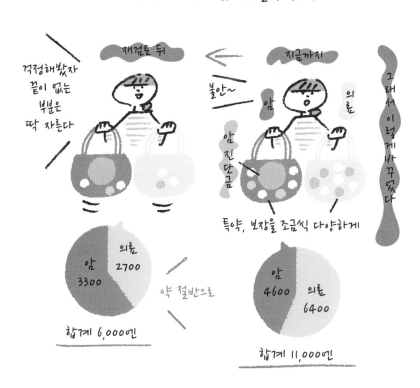

노후를 대비해
목적별로 저축을 시작한다

가계부에서 '매달 생활비'를 명확하게 하고 고정비 지출을 줄이고 나면 다음으로는 목적별 저축을 고려한다. 지금까지 계속해온 정기예금은 노후 자금으로 두고, 이 정기예금을 지키기 위해 지금까지 없었던 특별 지출에 사용할 비용을 대비해 저축도 시작했다. 병원비나 귀성, 관혼상제와 같이 갑자기 생기는 지출에 대비하는 것이다. 월수입이 고르지 않기 때문에 무리하지 않는 선에서 정액을 정하고 여유가 있는 달은 넉넉히 저축하기로 했다. 금전 문제에는 서툴러 한 번 시작하면 정신이 어질어질하지만, 이번 참에 인터넷 증권 계좌를 개설해 월 3,000엔짜리 투자 신탁도 시작했다. 로 리스크 로 리턴 투자부터 시작해 공부하면서 조금씩 더해가겠다는 계획도 세웠다. 그리고 마지막으로 소규모기업공제(일본의 개인사업자 등을 위한 퇴직금 제도)에도 가입했다.

한편, 저축을 열심히 하기 위해서도 일상의 즐거움이나 인간관계, 경험에는 돈을 아끼지 않고 쓸 생각이다. 지금 친구와 계획하고 있는 일은 '골동품을 사러 떠나는 유럽 여행'이다. 2년 뒤를 목표로 교통비나 체재비, 골동품 매입에 필요한 돈을 저축하려고 계획하고 있다. 귀국 후에는 이벤트를 기획하거나 여행기 일러스트를 그리면 좋겠다. 마음을 두근거리게 하는 목표가 있으면 돈을 알뜰하게 쓰는 것도 즐거운 일이 된다.

가계부 → 고정비 재검토 → 즐기면서
노후를 위한 저축 시작

정기예금

3,000엔
투자 신탁

소규모
기업공제

특별
지출
비용
저축

골동품
매입
여행

정기
예금에는
손대지
않아요

국민연금

싸게 산다는 착각에 현혹되지 않는
중고품 구매 요령

중고품이라는 어감에 거부감이 있는 분이 계실 수도 있겠지만, 숨어 있던 물건을 발굴하거나 보물을 만나는 재미도 있어서 나름대로 가치가 있다고 생각한다. 중고품에는 정가가 없으니 가격을 스스로 정해야 한다. 후회하지 않으려면 싸니까, 인기가 있으니까, 브랜드 제품이니까 같은 외적 기준에 흔들리지 말아야 한다.

30쪽에서 소개한 빈티지 주방 식탁은 야후 옥션에서 낙찰받았다. '이 물건을 사면 집안 전체가 안락하게 보일 것 같아'라는 생각이 들어 가격을 찾아보고 알맞은 가격을 정했다. 즉, 자기 나름대로 조사해 결정하는 것이다. 원래 가격, 중고품으로서의 가치, 식탁을 사는 데 쓸 수 있는 금액 등의 조건들을 다 맞추어 생각한 것이 식탁 예산이다. 야후 옥션처럼 입찰해 금액이 올라가는 경우는 예산을 넘어가는 입찰은 하지 않는다. 경매 중에 가격이 예산을 넘어가면 미련 없이 보내준다. 경쟁적으로 값을 올리는 데 휘말려 예상 밖에 높은 금액으로 낙찰해버리면 후회하게 된다. 이번 경우는 예산이 6만 엔이었는데 운이 좋게 3만 9,500엔에 낙찰받았다.

다다미 거실에 둔 빈티지 수납장은 우연히 들렀던 중고 매장에서 1만 5,000엔에 샀다. 그 자리에서 스스로 가치를 매겨본 결과, '이건 사야 해!'라며 바로 결정했다. 중고품은 스스로 가치와 가격을 결정한다, 이것이 후회하지 않는 중고품 구매 방법이다.

야후 옥션과 중고거래 사이트에서
기분 좋게 물건을 순환시킨다

소중하게 여기던 물건이라도 생활 방식이나 가치관이 바뀌면 필요 없는 물건이 되기도 한다. 앞으로 쓸 일은 없겠지만 쓰레기로 버릴 수는 없는 물건이 필요한 사람에게 제 역할을 다 하기를 바라는 마음에 야후 옥션이나 중고거래 사이트를 이용하게 되었다. 물건을 내놓을 때는 가능한 한 빨리 팔릴 수 있는 가격으로 설정한다. 구매 가격이 비싼 편이었다면 욕심을 내게 되지만, '내가 사는 사람이라면 이 가격에 사면 좋겠다'라는 생각이 드는 저렴한 금액으로 설정한다.

이사 전에 10년 된 코트 두 벌을 중고거래 사이트에 내놓았다. 둘 다 꽤 싸게 내놓았더니 즉시 팔렸다. 얼마 뒤 그 물건을 산 사람에게 '눈을 치울 때 입어요. 감사합니다'라는 메시지가 왔다. 북쪽 어디선가 제2의 인생을 보내고 있을 코트를 상상하니 기쁜 마음이 들었다. 그 뒤 중고거래 사이트에 내가 원하던 코트가 새 제품으로 정가의 반값에 나와 있던 것을 발견하고 모아 두었던 판매금으로 샀다.

나에게는 쓸모없는 물건이 필요한 사람에게 가서 기쁨을 주고 누군가에게 쓸모없는 물건이 나에게는 행운의 쇼핑이 되었다. 게다가 우리 집 옷장에는 코트 두 벌만큼 여유 공간이 생겨 후련하기까지 하다. 물건을 내놓는 것이 번거롭고 포장도 해야 하니 귀찮기도 하지만, 물건을 버리는 것보다는 훨씬 기분이 좋다. 모두의 요구를 만족하는 아름다운 순환이라고 생각한다.

〈우리 집은 이렇게 돌려 쓴다〉

다다미방
스탠드 조명은
중고품
매장에서

올해
전등갓을
교환해
25년째
사용 중

새 제품을
(중)에서
샀더니
생각과
이미지가
달라

(중)에
판매
등록

펜던트 라이트

빈티지 주전자
혼자 쓰기에는 너무 크다

(야)에
판매 등록

(야)에서
구매

노르웨이 산

사고 싶었던
플랜테이션 코트도
(중)에서 구매

새 제품~

고이마리의
조그마한 그릇

(야)에서
구매

야후 옥션 → (야)
중고거래 사이트 → (중)

＜필요 없는 물건 순환시키기＞

바로
문의가 수십 건이나!
다음날에 인계

게재한 조건

• 무료입니다
• 차로 가지러 올 수
있는 분

무료광고
게시판
당근마켓

인상 좋은
모녀가
받아 가서
다행이다~

바르다!

너무 커서
처분하기
어려웠던
책장을
올려보았다

기부처는 스스로 고른다

NPO

NGO

대학

기부는
'할 수 있을 때
부담되지 않는 만큼'을
기준으로
하고 있다

정해진 방법으로
책을 보낸다

책으로 기부하는
차리본
charïbon

VALUE
BOOKS

필요 없어진
책을 보내
보았다

매입 금액을 그대로 기부한다

4

꾸미기와
미용

'중년의 얼굴'에서 벗어나기 위해
피부관리를 기초부터 재점검

30대에는 화장품이나 미용법을 알려주는 일러스트 에세이를 출판하기도 하며 스스로 뷰티 마니아라고 대놓고 말할 만큼 미용에 관심이 많았다. 40대에 들어서자 내 피부에 맞는 것을 알게 되어 미용에 대한 열의는 일단 꺾이는 듯했다.

그러다 40대 중반에 들어서자 미용에 대한 열의가 다시 타오르기 시작했다. 갱년기 때문인지 피부 상태가 급격히 나빠지기 시작했다. 건조, 처짐, 주름 등 온갖 노화가 한꺼번에 진행해 '중년의 얼굴'로 확 넘어가기 시작했다. 피부

〈오랫동안 해오던 이중 세안은 그만〉

다른 제품을 찾아봐도 결국 여기로 돌아온다

5년째 사용 중

프란킨센스 페이스 워시 〈널스야드 레머디스〉

촉촉하게 바뀐 것 같아 피부 결도 달라졌어

피부의 변화를 계속 관찰한다

다양한 밀크 타입 세안제를 써보고 비교한다

관리를 소홀히 한 것도 아닌데 나이는 이길 수가 없었다.

예전이라면 안티에이징 계열의 고급 화장품으로 방어했겠지만, 이제 그런 방법으로는 막을 수 없을 정도로 나빠진 피부 변화에 피부관리를 근본부터 다시 점검해보기로 했다.

먼저, 오랜 기간 습관이었던 클렌징과 세안제를 사용하는 이중 세안은 피부의 수분을 앗아가는 가장 큰 원인이라고 생각해 그만두기로 했다. 그래서 색조 화장품은 클렌징을 사용하지 않고 세안제만으로 지울 수 있는 미네랄 화장품(에트보스, MIMC 등)으로 바꾸었다. 그리고 세안제는 유분을 너무 뺐지 않는 밀크 타입으로 바꾸어 촉촉함을 유지하려 했다. 하나하나 바꾸어 가는 동안 건조함이 완화되고 피부에 부드러움과 윤기가 돌아왔다.

다음은 화장수 사용법 점검이다. 피부 트러블 대부분은 꼼꼼하게 보습을

〈문지르지 않고 부드럽게 거품을 내고, 씻고, 닦아 낸다〉

기본
세안의 중 기본

추가로,
씻으면서 림프를 순환시켜
얼굴 윤곽을 깔끔하게

염소 제거!
정수로 세안

얼굴 윤곽
↓
귀밑 림프
↓
목 옆 순서로
쓸어주기만

욕실
정수 샤워기로
천천히 물을 받아서

익숙해지면
손이
저절로 움직인다

해주면 완화된다고 업무차 만났던 피부 전문가에게 배운 적이 있어 그대로 실천하고 있다. 중요한 점은 화장수의 양과 침투시키는 방법, 그리고 범위다. 화장수는 원래 쓰던 것(1병 3,000엔 정도)도 좋다.

먼저 화장수를 500엔 동전 크기(500원 동전 크기-옮긴이)만큼 손에 덜어 문지르거나 강하게 두드리지 말고 손으로 얼굴에 밀어넣는다는 생각으로 천천히 침투시킨다. 바르는 범위는 목까지 포함해서 얼굴 전체로 가능한 한 넓게 해준다. 5번 정도 반복해 피부가 쫀득해지면 침투가 완료된 것이다. 손가락 끝의 감각으로 피부의 상태를 확인할 수 있어 화장 솜을 쓰지 않고 손으로 바른다. 그다음 피부의 상태에 맞게 로션에 크림이나 오일을 바른다.

화장수만으로
피부가 달라졌어

〈지금 가진 화장수를 충분히 활용한다〉

넓은 범위로

목, 관자놀이,
얼굴선, 턱 아래까지
둥글게

밀어 넣듯이 침투

촉촉 쫀득

물기가
없어질 때까지
끈기 있게

화장수의 양

커다란 500엔
동전 크기
5회 이상 반복한다

밤에 쓰는
화장수 양에 따라
다음 날 아침
피부가 달라진다!

그리고 주 1~2회 각질 관리도 빼놓지 않는다. 피부의 재생 주기는 나이가 들면서 길어져 40대에는 55일, 50대에는 75일이라고 한다. 흔히 말하는 '28일 주기'는 20대 이야기다. 나이를 먹은 피부는 오래된 각질이 남은 채로 화장품의 침투를 막고 얼굴색을 칙칙하게 만들기 때문에 꼭 제거해주어야 한다.

스크럽, 고마쥬, 필링 등 각질 관리를 다양하게 시도해보았는데, 요즘은 인터넷에서 산 스크럽 재료를 사용하고 있다. 세안제에 섞기만 하면 되므로 간편하기도 하고 피부에 닿는 느낌도 부드러워 좋다. 스크럽 세안을 하면 피부 밝기나 촉감, 화장수 흡수가 매우 좋아진다. 피부 관리를 근본부터 재점검해 방법을 바꾸었더니 피부 상태가 매우 개선되었다.

주 1~2회 특별 관리

＼ 오래된 각질을 제거해서 ／
〈흡수가 잘되는 피부를 유지한다〉

섞기만 해도 되는
스크럽 세안

쓰다듬듯이
부드럽게 마사지하고
씻어낸다

스크럽 재료를
작은 통에
나누어둔다

글루코만난
스크럽 재료
〈자연화장품연구소〉

잊어버리기
쉬운 곳까지
꼼꼼하게

미간

관자놀이

얼굴 윤곽

턱 끝

입 주위

평소에 쓰는 세안제

피부에 닿는 느낌이 부드러운 알갱이

신기할 정도로 화장수가 쭉쭉 흡수된다!

지금 바로 젊어지는
간단 리프트 업 마사지

피부의 노폐물을 배출하는 리프트 업 마사지는 오래전부터 쭉 해왔다. 이 마사지의 좋은 점은 간단한데도 바로 얼굴 윤곽이 깔끔하게 바뀐다는 것이다. 수채화 교실을 운영하는 친구에게서 '온라인 수업에서 모니터에 비친 내 얼굴이 생각보다 처져 있어 깜짝 놀랐어! 리프트 업 방법 좀 알려줘'라며 연락이 왔다. 그래서 급하게 온라인 마사지 교실을 열었다. 모니터 너머로 강의를 시작한 지 10분 만에 친구의 얼굴 윤곽이 깔끔해지고 눈은 물론 다른 부분까지 전체적으로 올라가는 변화가 보였다. 즉각적인 변화에 친구도 무척 기뻐했다. 친구는 그 후 반년 이상 매일 마사지를 계속해 얼굴선을 깔끔하게 유지하고 있다고 한다.

포인트는 크림이나 오일을 얼굴에 듬뿍 바르고 손가락을 잘 굴리는 것이다. 강하게 누르지 말고 부드럽게 굴려주기만 하면 충분하다. 아침 세안 후 얼굴 손질할 때 마지막으로 크림을 바르면서 빠르게 마사지를 한다. 밀리미터 단위로 미세하게 늘어지고 처지는 것만 없어져도 인상이 한층 젊어 보인다. 미용성형처럼 완전히 지우거나 교정하지는 못하지만 자연스러운 아름다움은 스스로 유지할 수 있다. 표정까지 생기 있게 변한 친구를 보고 그런 생각이 들었다.

⟨리프트 업 마사지 교실⟩

준비 운동

페이스용 크림이나
오일을 사용한다

쇄골 위의
움푹 팬 곳을
누른다

노폐물
배출에
좋다

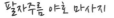

팔자주름 야호 마사지

여기를
맞춘다

팔자주름을
수직으로
눌러 준다

눈 주위를 쓸어준다

넷째
손가락으로
쓸어준다

관자놀이를
눌러

콧방울 옆, 입꼬리,
턱밑 순으로 쓸어준다
(모두 귀 아래 림프를 향해)

여기를
맞춘다

광대뼈
아래를 지난다

귀 아래 림프

귀밑 림프에서
쇄골 림프로 쓸어준다

끝

맞아,
그렇게!

1-3에서 걱정되는
부분만 해도 OK

온몸의 수분 부족 대책
보습은 타이밍이 중요하다

나이를 먹어가면서 손, 손톱, 발, 눈 등 온몸에 수분이 줄어드는 것을 느낀다. 온몸에 수분이 부족한 문제의 대책은 타이밍이 중요하다고 생각해 미리미리 보습에 신경을 쓰고 있다. 특히 핸드크림은 설거지하고 나서나 화장실에 다녀온 후는 물론이고 손이 건조해지지 않도록 부지런히, 하루에 몇 번이고 바른다. 이사를 해서 방 수가 늘어나니 바르고 싶을 때 핸드크림이 눈앞에 없을 때가 종종 생겼다. 이 불편을 해소하기 위해 방마다 핸드크림과 립밤, 인공눈물을 한데 묶어 '수분 보급 세트'를 항상 준비해둔다. 꽤 편리하고 유용한 방법이다.

온몸에 있는 수분을 급격히 빼앗기는 목욕 후에도 빠르게 보습을 해야 한다. 욕실을 나오면 가장 먼저 로션이나 오일을 얼굴 전체에 펴 발라 신속하게 보습을 한다. 먼저 얼굴의 수분 증발을 막고 바디 케어(112쪽에서 설명한 피부관리는 바디 케어 다음에)를 시작한다. 바디 케어에서 중요한 점은 목욕 수건으로 몸을 닦아내기 전에 수분이 남아 있는 상태에서 보습을 하는 것이다. 농도가 진해서 소량으로도 충분히 보습이 가능한 'DHC 약용 핸드크림'을 전신에 바른다. 물기가 있으니 쭉쭉 온몸에 펴 바를 수 있어 순식간에 피부가 촉촉해진다. 건조해서 쉽게 가려워지는 체질인데, 이 방법을 쓰기 시작한 뒤부터 증상이 완화되었다.

＜보습 방법 찾기＞

촉촉하고
윤기 있게
피부에
잘 스며드는
스팀 크림
＜소노타스＞

전신에
사용 가능

\ JUST NOW! /

일과 중

바구니나
상자에
수분 보급 세트를
넣어
방마다 둔다

핸드크림은
작은 통에 조금씩 나누어

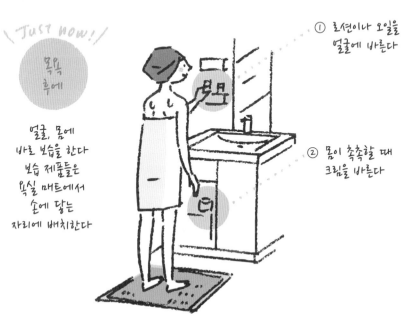

\ JUST NOW! /

목욕
후에

얼굴, 몸에
바로 보습을 한다
보습 제품들은
욕실 매트에서
손에 닿는
자리에 배치한다

① 로션이나 오일을
얼굴에 바른다

② 몸이 촉촉할 때
크림을 바른다

기본 의상으로 멋 내기 ①
스카프와 숄

옷을 입는 취향이 나이에 따라 달라져 왔는데, 지금은 무난한 기본 디자인과 기본 색을 즐겨 입는다. 좋아하는 스타일은 깔끔하고 형태가 세련된 니트나 커트 엔드 소운, 통바지다. 그리고 색은 블랙, 네이비, 그레이, 베이지, 화이트를 좋아한다.

그런데 나이가 들어 피부와 머리카락에 윤기가 사라지니 기본 디자인, 기본 색깔 옷이 초라해 보이게 되었다. 그래서 밝게 보이고 싶은 얼굴 주위에는 개성 있는 빈티지 스카프를 액세서리 느낌으로 더해준다. 스카프는 블랙이나 네이비를 기본으로 조금 화사한 색이 들어간 상품으로 고르면 무늬가 독특해도 옷과 분리되어 보이지 않고 자연스럽게 어울린다.

숄도 자주 사용하는 아이템이다. 숄은 옷의 일부라고 생각하므로, 색은 기본으로 하고 대부분 부피감으로 조절한다. 크기가 너무 커서 사용하기 어려웠던 울 소재 숄은 잘라서 큰 것, 작은 것 두 장으로 만들어 외투에 맞게 골라서 사용하고 있다. 목에 두르기만 해도 입체감이 살아 얼굴 주위가 초라해 보이지 않는다. 최근에 얇은 캐시미어 숄을 새로 샀는데, 울과는 다르게 발랄한 느낌으로 입체감을 만들어준다.

스카프나 숄은 해외 사이트인 이베이(세계 최대 옥션 사이트)나 엣시(핸드메이드 제품이 다양)에서 많이 산다. 일본에서는 찾기 힘든 독특한 무늬나 색감을 지닌 제품을 좋은 가격에 만날 수 있다.

기본 색깔 의상에
〈빈티지 스카프로 악센트〉

돌돌

자신한테
어울리게
매는 방법을
찾아보자

작은
스카프로
깔끔하게

살짝

빈티지 디오르의
실크 스카프
30달러 정도
〈이베이〉

매듭의 위치로도
느낌이 달라진다

〈 숄은 부피별로 나누어 사용한다〉

심플한 코트에는
8을
평범한
스타일도
세련된 느낌으로

무척
큰
크기

두툼한
코트에는
2로
경쾌하게

두 장으로 잘라두니
에이스급 활약!

기본 의상으로 멋 내기 ②
귀걸이와 브로치

스카프나 숄과 마찬가지로 기본 의상을 입어도 얼굴 주위가 화사하게 보이도록 귀걸이나 브로치를 활용한다. 많이 모을 때도 있었지만, 지금은 귀걸이 세 개, 브로치 네 개만 쓰고 있다. 정말 마음에 드는 것만 남겨두었다. 귀걸이는 저마다 역할이 다르다. 임팩트를 주고 싶을 때는 큼지막한 천연석, 화사하게 꾸며야 할 때는 달랑거리는 금제품, 옷이 너무 캐주얼할 때는 진주 귀걸이, 이렇게 나누어 사용한다. 전에는 네 개가 있었는데 가장 마음에 들었던 귀걸이를 잃어버리고 말다. 하지만 바로 다시 사지는 않고 마음에 드는 제품을 천천히 찾는 재미도 즐기고 있다.

브로치는 40대에 들어서 사용하기 시작한 아이템이다. 야후 옥션에서 빈티지 소품을 보다가 화려하게 빛나는 브로치에 눈길이 갔다. 처음에는 아름다운 형태에 이끌려서 사보았다. 실제로 착용해보고 나니 옷의 인상을 싹 바꾸어주는 브로치 파워에 매료되었다. 지금 가지고 있는 것은 모두 빈티지 제품으로 진주가 붙어 존재감이 있는 것, 어떤 옷에나 어울리는 금으로 된 나뭇잎 모양, 파란색 꽃, 조그만 금 사과, 이렇게 디자인도 다양하다. 모두 크기가 작지만 개성이 있어 의상에 악센트를 주기 때문에 그날의 분위기에 맞추어 자유롭게 선택한다.

〈귀걸이와 브로치로 심플한 옷이 달라 보인다〉

작은 진주는 만능

줄무늬 옷에 진주

단정한 옷에 임팩트 귀걸이를 딱!

화려함 담당

15년 동안 써도 질리지 않는다 〈코코슈닉〉

잃어버렸을 때 울었다~~ 〈메데루 주얼리〉

큼지막한 천연석 (자스파) 귀걸이 〈HIROKU〉

브로치의 위치는 옷 네크라인이나 허전한 곳의 균형을 보면서 정한다

브로치가 주인공인 날에는 귀걸이는 깔끔하게 진주로 할 때가 많다

빈티지 브로치 하나로 개성이 확 살아난다

벼룩 시장에서

이탈리아에 다녀온 친구의 선물

재밌어~

미국 빈티지

〈Tri Fari〉

일과 가사에 모두 어울리는
원 마일 웨어

집에서 지낼 때 옷을 조금 더 깔끔하게 입고 싶다는 생각을 항상 해왔다. 지금까지는 1군의 예쁜 외출복에서 2군으로 떨어진 옷을 가정용으로 입었는데, 항상 어딘가 아쉬운 기분이 들었다. 이 집으로 이사하고 나서는 일과 생활에 좀 더 구분을 지었으면 좋겠다는 생각을 하게 되어 일과 가사 모두에 기분 좋게 어울리는 옷을 입기로 했다.

실내복이라고 할 만큼 헐렁하지는 않으면서 근처에 물건을 사러 나갈 수 있을 정도의 옷을 찾아보았다. 말하자면 '가장 1군에 가까운 옷'인 원 마일 웨어다. 기준은 착용감과 피부에 닿는 촉감이 좋고, 군살이 보이지 않는 편안한 디자인과 크기다. 봄, 여름 상의는 여유가 있으면서도 단정하게 보이는 무인양품의 대표 티셔츠다. 가을, 겨울 상의는 한 시즌 더 1군 외출복으로 쓸 수 있는 캐시미어 니트다. 캐시미어는 보풀이 잘 생기지 않아 오랫동안 예쁘게 입을 수 있다. 하의는 계절 상관없이 마 또는 면 소재 통바지다. 통이 커서 하늘하늘 찰랑거리는 옷자락이 여성스러움을 연출해주면서도 추워지면 안에 레깅스를 겹쳐입어 조절할 수 있다.

옷만 바꾸어 입어도 무심코 거울에 비친 자신을 볼 때 기분이 좋아진다. 택배를 받을 때 잠깐 나갈 수도 있고, 앞집 사람과 현관에서 갑자기 마주쳐도 부끄럽지 않다. 일을 할 때도 가사를 할 때도 효율이 더 높아지는 것 같다. 일상에서 일과 휴식의 구분도 생겨 기분 좋게 지낼 수 있다.

어른의 원 마일 웨어
〈통바지를 중심으로 계절에 맞게 변화 주기〉

Summer

화이트, 블랙, 그레이
M → 외출용   L → 집안용
너무 좋아서 매년 새로 사
유니폼이 되었다

상 / 슬리브 저지 프렌치 슬리브
티셔츠 〈무인양품〉

하 / 마직 통바지

한여름
외에는
카디건으로
조절

살랑살랑

티셔츠와 니트의 공통점은
허리 주위의 군살이
보이지 않는다는 것

추운 날에는
집에서도 숄

Winter

빨리 실내용으로 바꾸니 기분도 좋다!
가정용이므로 망에 넣어서
세탁기로 빨래

상 / 캐시미어 니트
하 / 면 통바지
　　(위 내의, 아래 히트텍)

야크 울로 만든
두툼한 양말

한겨울에는
다운 조끼를
덧입는다

새치 염색은 자극 없는
컬러 트리트먼트로

30대 중반부터 두 달에 한 번 미용실에서 새치 염색을 하다 보니, 이제는 탈모
와 손상이 걱정되기 시작했다. 은발 머리도 생각해봤지만, 아직은 조금 더 뒤
로 미루고 싶은 마음이다. 그래서 미용실에서 하던 새치 염색은 관두고 지금
까지 집에서 병행해 사용한 새치용 컬러 트리트먼트에 정착하기로 했다. 꼼꼼
하게 염색되는 것은 약제가 들어간 시중 판매 새치 염색약이겠지만, 머리카락
에 부담이 걱정되어 선택지에서 뺐다. 대신 머리카락이나 두피를 상하게 하지
않고 머리를 감으면서 손쉽게 물들일 수 있는 컬러 트리트먼트를 선택했다. 단,

\ 새치용 컬러 트리트먼트는 /
〈 빗과 작은 접시 사용을 추천 〉

펴준다

바른다

블로킹(소분)하면서 바른다

트리트먼트를
작은 접시에 던다

거울로
체크

나눈다
(블로킹)

균일하게 바를 수 있고, 손이 더러워지지 않으며,
피부에 묻지 않는 등 장점이 많다

색의 유지를 생각하면 더 꼼꼼하게 할 필요가 있다.

오랫동안 사용하던 제품은 'DHC Q10 프리미엄 컬러 트리트먼트'다. 나는 작은 그릇에 1회분 트리트먼트를 짜서 작은 빗으로 바른다. 그래야 손도 더러워지지 않고 뭉치지 않는다. 그리고 설명서에 있지만 예전에는 생략했던 단계인 '수건으로 젖은 머리카락의 수분을 닦아내고 바른다'를 꼼꼼하게 실천했다. 그 작은 수고로 지금까지 했던 것 중 가장 괜찮은 염색이 되었다.

집에서 새치를 염색할 방법을 찾을 때, 주위 사람들이 많이 쓰는 가오의 '리라이즈'와 '헤나'도 시도해보았다. 둘 다 머리카락에는 자극이 없이 부드러웠지만, 색과 편의성이 좋지 않았다. 결국 컬러 트리트먼트로 다시 돌아가 주 1회 전체에 바르고, 새치가 눈에 띄는 부분은 꼼꼼하게 추가하기로 했다. 탈모도 줄고, 머리카락도 건강해졌다.

〈정수 샤워기를 써보자〉

도레비노
도레샤워 — ⓡ RS53
〈도레이〉

도레샤워를 고른 이유

• 정수와 수돗물을 바꾸어 가며
  쓸 수 있다
• 정수 카트리지의
  사용 기간이 길다

헹굴 때
손에
걸리는
느낌이
부드러워졌다

염소 냄새가 없어졌다!

방 전체가 깔끔하게 보이도록 테이블 위에는 되도록 물건을 두지 않으려고 한다. 티슈 상자는 친구가 선물로 준 BOX&NEEDLE 제품. 인테리어 포인트가 되었다.

주방 식탁에는 핸드크림, 립밤, 인공눈
물을 모아 '수분 보급 세트'를 상비해
둔다. 생각날 때마다 하루에 몇 번씩
핸드크림을 바른다. 건조 예방은 타이
밍이 중요하다.

거실의 사이트 테이블 위에는 과자 캔에 '수분 보급 세트'를 담아서 놓아
둔다. 예쁜 과자 통이나 상자는 소품을 넣는 데 활용한다. 가끔 넣는 물건
을 바꾸면 기분전환도 된다.

업무 공간에 놓은 '수분 보급 세트'. 주방 식탁에 놓은 것과 같은 아타 바구
니인데, 네모 모양이다. 뚜껑이 있는 바구니는 소품 수납에도 편리하고 인
테리어도 되기 때문에 자주 이용한다.

127

서랍장 위 칸에는 트레이에 액세서리를
수납한다. 귀걸이, 브로치, 반지는 이게 전
부다. 꼭 마음에 드는 것만 남겨두었기 때
문에 서랍을 열 때마다 마음이 설렌다. 수
납도 편하다.

화장품은 세안제 하나로 화장을 지울
수 있는 미네랄 화장품으로 바꾸었다.
이중 세안을 하지 않아 피부가 건강해
졌다. 화장 도구는 주머니에 넣어 두고,
가짓수를 늘리지 않는다.

침실 입구에서 가장 먼저 눈에 보이는
장소에 빈티지 서랍장을 두어 인상적
인 공간을 만들었다. 서랍이 얕아 자잘
한 물건을 수납하기에 좋다. 액세서리
나 스카프 등을 넣어둔다.

젊을 때는 다양한 머리 스타일을 즐겨
했다. 최근 15년 동안은 하나로 묶은 머
리가 나의 트레이드마크가 되었다. 앞
머리를 내고 약간 아래쪽으로 적당히
묶는다. 일을 할 때든 집안일을 할 때든
잘 어울린다.

작업 공간에 있는 문구 코너도 신경 써
서 꾸민다. 앞에 있는 앤틱 소품함에는
클립이 들어 있다. 좁은 공간이라도 식
물이 있으면 아늑하게 느껴져 일도 더
잘되는 것 같다.

5

인간관계

지나치게 의존하지 않는
친구 관계

친구들의 집 열쇠를 맡은 지 15년이 지났다. 그 당시에 가까이에 독신으로 혼자 살던 친구가 '갑자기 무슨 일이 있을지 모르니 열쇠를 맡아 줘'라며 열쇠를 내게 맡겼다. 그때 나는 결혼을 한 상태여서 열쇠를 맡기지 않았는데, 얼마 뒤 그 친구가 결혼을 하고 나는 독신이 되어 상황이 역전되었다. 이번 이사를 계기로 나도 친구에게 열쇠를 맡기기로 했다. 앞으로 고양이와 함께 살 예정이니 내가 집을 비울 때 고양이를 돌봐달라고 부탁하기도 하고, 혹시 모를 일에 대비할 필요도 있어서다. 신뢰할 수 있는 사람이 아니면 열쇠를 맡길 수가 없다. 그런 친구가 있는 것은 참 감사한 일이다.

비관적으로 생각하지 않으려고 하지만, 앞으로는 조금씩 건강 걱정이나 마음 속 불안이 늘어날 것이다. 그래서 친구의 존재는 더욱 귀하고 소중하게 여겨야 한다.

친구 중에는 독신인 친구도 있고 가족이 있는 친구도 있다. 생활 방식이 다양하므로 서로 의지가 되는 부분이 조금씩 다를 것이다. 하지만 공통으로 생각해야 할 점은 어느 한쪽이 일방적으로 너무 의존하지 않아야 한다는 것이다. '혼자 서기'가 인간관계의 기본이 되어야 분명 오래 좋은 느낌으로 관계를 이어갈 수 있을 것이다. 이 점을 마음에 새겨두고, 걱정거리가 있으면 솔직하게 이야기하고 '무슨 일이 있을 때 걱정하지 않아도 된다고' 서로 말해준다. 그런 친구들의 존재는 무척이나 든든하다.

〈최근 몇 년 보조 열쇠를 쓸 일이 많아졌다〉

친구의
갑작스러운 부재로
친구가 키우던 고양이를
보살펴야 했을 때
자연스럽게 해결했다

＼ 전에 살던 맨션에서 ／

같은 맨션에 살면서 이웃으로 지내던
할머니와 따님의 열쇠를 서로 맡아 주고 있었다

무슨 일 있을 때
잘 부탁합니다

서로
신뢰하면서도
규칙을
정해서

열쇠를
봉투에 넣어
봉인해서
교환

안심할 수 있었다~

마음을 전하는
맛있는 선물

서로 좋은 마음으로 관계를 유지하는 데 선물을 빼놓을 수 없다. 인사나 사례, 감사, 답례, 응원, 격려 등을 하고 싶을 때 말로만 해도 좋겠지만, 선물을 함께 준비하면 마음을 전달하기에 더 좋다. 이 선물이 나에게는 소통의 도구다. 너무 거창하지 않게, 선물하는 이유에 어울리는 물건을 골라 주고 상대가 웃는 얼굴로 받아준다면 가장 이상적일 것이다. 요즘은 선물로 음식을 선택하는 경우가 많아졌다. 특히 상대방이 좋아하는 것을 잘 모를 때는 나중에 남지 않는 '없어지는 물건'이 무난하지 않을까 한다. 내가 자주 고르는 것 중 하나는 내 고향인 아오모리의 사과 주스다. 이 집으로 이사 와 이웃에 인사할 때도 이 주스를 선물했다. 단 음식을 싫어하는 분들에게도 의외로 좋은 평을 들었다. 맛은 물론 고향 이야기를 자연스럽게 할 수 있어 화제로 쓰기도 좋다.

상대방을 생각해 어떤 선물을 할지 고민하는 것도 즐거운 시간이다. 받을 사람이 무엇을 좋아하는지, 가족은 몇 명인지, 사는 곳은 어디인지, 어떤 일을 하는지 마치 프로파일링을 하는 것처럼 말이다. 무거운 물건을 줄 때는 받는 분의 그다음 일정도 잊지 말고 확인해보아야 한다.

다음은 내가 선물로 자주 이용하는, 부담 없이 상대를 기쁘게 할 수 있는 물건들을 소개한다.

내 고향인
아오모리 제품은
대화를 시작하는 계기가 되기도

선물 후보로 꼭 올리는 것은 내 고향의 특산품인 사과 주스다. 사과 그대로의 진한 맛에 처음으로 마시는 사람은 놀라기도 한다. 어른, 아이 모두 좋아하는 맛이다. 묶음으로 사 놓고 1~2병씩 선물한다.

희망의 물방울 ¥3,138(1,000㎖×6병) / 아오모리현 농촌공업농업협동조합연합회

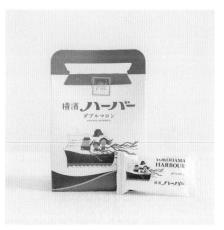

우리 동네의 명과는
포장도 마음에 쏙

야나기하라 료헤이 씨의 일러스트가 들어간 손잡이 포장이 예뻐서 상대와의 대화도 더 신이 난다. 요코하마에서 만들어진 지 약 60년, 배 모양을 본뜬 밤 케이크다. 역사를 알면 더 맛있게 느껴진다.

아리아케 요코하마 하버 더블 마론 ¥891(5개) / 아리아케

누구나 좋아하는
초콜릿과 견과 사블레

친구에게 선물로 받아보고 맛있어서 나도 선물로 주기 시작한 제품. 마카다미아와 아몬드를 올린 사블레를 초콜릿으로 코팅했다. 이 과자를 받으면 모두 '맛있다'는 반응을 꼭 보여주어 고민될 때는 이 제품을 선택한다.

마카다미아 쇼콜라(밀크) ¥1,037(8팩입) / 비타메르

항상 마시는
호지차는 자신 있게

73쪽에서 소개했지만, 마루하치제차장의 호지차는 오랫동안 사랑받고 있다. 이 상품은 선물로 쓰기 좋은 티백이다. 캔이 귀여운 것이 포인트. 카페인에 약한 어른들이 좋아한다.

가가호지차 매실 삼각 티백 ¥972(2g×10개 캔입)
마루하치제차장

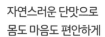

자주 피곤한 사람
술을 좋아하는 사람에게

뜨거운 물을 붓기만 하면 바지락 100개분의 오르니틴 약 51mg을 섭취할 수 있는 미소 된장국. 피로를 풀어주고 숙취를 해소하는 데도 효과가 있지만, 무엇보다도 진하고 맛있어서 추천한다. 어떤 선물을 해야 할지 고민되는 남성에게도 적당한 제품이다.

시지미에스프레소 ¥1,350 (10개입 상자) / 미소원

자연스러운 단맛으로
몸도 마음도 편안하게

전에 살던 집 근처 카페 '세타가야엔가와cafe'의 상품으로 요즘은 집에서 마실 것과 선물용을 사러 가끔 간다. 국산 원재료, 무알코올, 무설탕이라 맛있으면서도 안심할 수 있다. 부드러운 단맛이 몸뿐만 아니라 마음의 건강에도 좋은 것 같다.

현미아마자케 라쿠라쿠현미 ¥1,150 (490㎖, 포장 상자 포함)
세타가야엔가와cafe

새로운 것을
좋아하는 분에게
럼주에 절인 건포도를 넣은 도라야키

복고풍의 귀여운 포장과 럼주에 절인 건포도를 넣은 독특함이 매력인 제품. 시간이 지날수록 표면이 촉촉해져 케이크 같은 식감이 된다. 맛의 변화도 즐길 수 있다. 새로움을 추구하는 호기심 왕성한 분께 추천한다.

라무도라 ¥1,080(3개입, 상자) / 바이게쓰도

힘을 내야 할 때
맛있는 올리브오일

요리하기를 좋아하시는 분은 물론, 맛있는 음식을 좋아하는 분들에게 좋은 평가를 받았던 선물은 유기 엑스트라 버진 올리브오일이다. 샐러드는 물론, 수프, 두부, 낫토 등에 뿌려도 맛있으니 활용 방법도 함께 알려주면 좋다. 홈 파티에 선물로 들고 가도 좋다.

200년 역사 까사 브루나의 유기재배 엑스트라 버진 올리브오일
¥2,376(250㎖) / 올리브오일 전문점 히나타노

COLUMN

가까운 사람에게는
가볍고 재미있는 프티 기프트

좋아하는 과자를 담은 프티 기프트는 친한 친구나 부담 없는 직장 동료에게 가볍게 건네기 좋다. 조금씩 다양한 제품을 담아 맛볼 수 있게 주는 것이다. 보통 세 가지 정도를 넣어서 준다. 받는 사람을 생각하면서 맛이나 포장을 조합해보는 것도 즐거운 일이다.

81세 어머니와
평온한 시간 보내기

4년 전에 아버지가 돌아가시고, 본가가 있는 아오모리에는 어머니와 남동생이 살고 있다. 어머니는 아직 건강하다고는 해도, 81세가 되셔서 동생이 옆에서 보살펴드리니 안심이다. 오빠, 나, 남동생이 제대로 의논한 것은 아닌데, 자연스럽게 동생이 자청해주었다. 무슨 일이 있을 때는 언제든지 달려가겠지만 지금은 동생에게 맡겨둔 상황이다. 나는 돈 관리에는 무척 소질이 없는데, 보다 못한 어머니가 10년 정도 전부터 경리 관리를 도와주시고 있다. 감사의 마음도 표시하고 부탁할 때 죄송하지 않도록 조금씩 급료도 드리고 있다. 어머니에게도 일이 있으면 자극이 되어 좋겠다고 생각했다.

그동안은 너무나 가까운 존재인 어머니를 한 사람의 여성으로 본 적이 별로 없었다. 그런데 경리 일을 맡기면서 어머니의 또 다른 면을 보게 되었다. 70세에 기초부터 장부 쓰기를 배우고 꽤 복잡한 서류 작성을 불평 하나 없이 기분 좋게 해주셨다. 내가 할 수 없는 일이라 새삼 어머니가 대단해 보였고, 더 존경하게 되었다.

오래 떨어져 지내고 있어서 어머니에게는 되도록 걱정을 끼치지 않으려고 한다. 앞으로도 어머니와 가능한 한 조용하고 평안하게 지내면서 한정된 시간을 소중히 해야겠다.

늘 꿈꾸던 고양이와의 동거
준비 완료!

고양이와 살고 싶다고 생각한 것은 1년 정도 전부터다. 친구의 고양이를 1주일 동안 맡아 돌본 일이 계기가 되었다. 밥을 주고, 물을 갈아주고, 화장실을 청소하고, 놀아주는 일련의 돌봄 활동을 경험해보았다. 나이가 들면 처음 하는 경험이라고 가슴이 콩닥콩닥 뛰는 일은 점점 줄어간다. 그런데 고양이 시터가 되는 경험은 나에게는 미지의 세계로 향하는 문이었다. 1주일 동안 함께 지내기만 했을 뿐인데 너무 귀엽다, 당황스럽다, 어떻게 해주면 좋아할까 같은 생각을 하게 만드는 고양이와의 시간은 지금까지는 겪어보지 못한 경험이었다. 물론, 생각대로 되지 않는 일도 있다. 하지만 이렇게 매일 두근두근할 수 있다면 남은 인생의 후반전이 풍요로워질 것 같았다.

그 이후로 유기 묘 사이트를 유심히 보게 되었다. 갈데없는 많은 고양이를 보고 있으니 적어도 한두 마리라도 거둘 수 없을까 하며 고양이 생각은 점점 더 강해지기만 했다. 고양이를 키우는 비슷한 나이의 친구는 '고양이의 수명은 15년 정도이니 나이로 보면 지금부터 키우는 편이 좋지'라며 용기를 북돋워주기도 해, 마침내 반려동물과 함께 지낼 수 있는 지금의 집으로 이사하게 되었다. 그리고 집을 비울 때 고양이 시터를 해줄 친구도 세 명 구해 놓아, 드디어 고양이를 맞이할 준비가 완료되었다.

⟨고양이 시터 경험에서 지금에 이르기까지⟩

첫 번째 고양이 시터 경험은 4년 전

쩝쩝쩝

쇼타로

고양이를 어떻게
대해야 할지 몰라
어색한 느낌

1년 전에도

애교부리는 거야?

어머?

응?

그것은
'쓰다듬어 줘'라는
신호였다고 한다

고양이 마음을
몰랐던 나

희망

그리고 지금

새끼 고양이
두 마리를
데려오고
싶다

고양이 공부를 하면서
유기묘의 보호자가 되기 위해
인연을 찾는 중이다

나이를 인정하고
잘 활용하면 편해진다

나이가 열두 살도 차이 나지 않는 지인에게 '이제 할머니잖아요'라는 말을 들은 적이 있다. 처음에는 '젊어 보이시는 걸요' 하고 대답했지만, 몇 번 연달아 들으니 대답하기도 곤란해져 지금은 못 들은 척하면서 다른 화제로 넘어가 버리기도 한다. 그분은 실제로 손자가 있는 할머니였지만, 생기 있고 멋진 사람이다. 나이를 먹는다는 사실은 자신이 가장 강하게 느끼고 있으니 다른 사람이 부정해주기를 바라는지도 모르겠다. 멋진 선배라고 생각하는 만큼 그 부분은 조금 아쉽다고 생각한다.

〈피곤해지지 않는 관계를 위해〉

별로 가깝지 않은 경우는

가까운 사이라면 말해준다

못 들은 척하거나 넘겨버린다 ♥

그러고 보니 그~

이제 아줌마……

윤도 안 좋아 지잖아~ 라고 하거나,

'아줌마잖아' 같은 말은 하지 말자

무시는 아니다!
과잉반응하지 않기 위해 '현명하게 넘어가는 방법'일 뿐 ♥

또 나와 비슷한 나이대의 여성에게 '저 아줌마잖아요'라는 말을 듣고 마찬가지로 반응하기 어려웠던 적도 있다. 그 말을 하는 마음을 모르는 것은 아니다. 하지만 나는 상대가 반응하기 곤란할 만한 말은 하고 싶지 않다. 여성이 나이에 집착하는 것은 오래된 문제이지만, 아줌마나 할머니는 잘못 말하면 말한 사람을 좋게 보기 어려운 단어다.

하지만 아줌마는 '당당함'이라는 장점이 있으니 아줌마로 지내는 것도 좋을 때가 있다. 하기 어려운 말을 해야 할 때나 못 들은 척하고 싶을 때, 젊은 시절에는 그 상황에 어찌할 바를 모르고 우물쭈물했지만, 지금은 상대가 싫어해도 개의치 않는다. 누구나 나이를 먹고 아줌마가 그리고 할머니가 되니 그것을 인정하고 잘 활용하면 좋겠다고 생각한다.

〈아줌마도 OK 특별함이 있다〉

전에 이런 일이

지갑에 북적 넣고 다녀?

맞아

아줌마!

웃겨~~

하하하하

비슷한 나이에 유머가 통하는 사이라면
"아줌마"도 의사소통이 된다

남과 비교하기를 멈추면
고민과 우울감이 80% 사라진다

일상에서 우울할 일은 줄었다. 불안할 때는 어질러진 물건을 제자리에 놓고 쿠션을 정리하며 조금씩 흐트러진 방을 싹 정리하면 기분이 상쾌해진다. 하지만 가끔 솟아오르는 '부럽다'라는 감정이 나를 흔들기도 한다. 이혼을 겪고 재혼도 하지 않겠다고 결정했던 45세. 혼자 열심히 살아가겠다고 긍정적인 마음으로 출발했지만, 주위 사람을 부러워하게 되는 일이 종종 있었다. 결혼한 사람을 보면 '남편이 든든하게 있어서 좋겠다', 새로운 일에 도전하는 사람을 보면 '기회가 많아서 좋겠다', 이런 생각을 했고 그 생각을 하는 자신이 싫어져 점점 더 우울해졌다.

그즈음부터 혼자 서기 위해 시작한 일들이 있다. 집을 살기 좋고 쾌적하게 바꾸기, 꼭 필요한 물건만 남기고 가벼워지기, 몸을 움직이기, 경제적인 부분을 다시 점검하기 등이다. 눈앞의 사소한 일을 담담하게 흘려보내다 보니, 고민의 원인을 스스로 만들어내고 있었다는 사실을 깨닫게 되었다. 가지지 못한 것에 실망하기보다는 자신이 가진 것을 소중하게 여기고 살려보자는 생각을 하며 남과 비교하기를 멈추었더니 고민과 우울감의 80%가 사라졌다. 물론 요즘도 나도 모르게 '좋겠다~'고 남을 부러워할 때도 있다. 하지만 전보다는 훨씬 빨리 자신으로 돌아올 수 있게 되었다.

<우울의 늪에 빠지지 않기 위해>

파랗다~

이웃집
잔디에
가끔
눈길이 간다
(사람이니까)

앗!

너무
많이
봤다!

그랬습니다

하지만

들여다보고 있다는 사실을
깨달으면 바로 그만둔다
스스로 늪에 빠지러 가지 않는다

말로 하거나
손뼉을 치며 중단한다!
소리나 손의 감각이 있으면
마음을 확 다잡기 좋다

자,
그만~

맺으며

끝까지 읽어주셔서 감사합니다.

저는 어릴 때부터 마음에 드는 소품을 장식하거나
가구를 수선하고 살림 꾸미기를 좋아했습니다.
하지만 청소나 정리는 원래 잘하는 편이 아니었어요.
귀찮다고 생각하면서도 매일 조금씩 꾸준히 했더니
생활이 더 쾌적해져 제 집이 점점 좋아졌습니다.
그리고 뒷일을 걱정하지 말고
나답게 나아가자고 생각할 수 있게 되었습니다.

100엔 숍에서 편리한 브러쉬를 발견하고
수납공간을 빈틈없이 활용하는 수납법을 고안해내고
빠르게 조리하기 위해 수제 조미료를 만드는…….

하나하나는 아무것도 아닌 '작은 아이디어'들이지만,
매일 조금씩 쌓아 나가면 나다운 삶의 방식이 보이기 시작합니다.

그런 '작은 아이디어'를 이 책 안에 가득 담았습니다.
이 책을 읽어주신 여러분의 삶을
더 쾌적하게 해줄 힌트가 된다면
더없이 행복할 것입니다.

마지막으로 이 책을 제작하는 데 애써주신
제작팀 여러분께 감사의 인사를 올립니다.

가키자키 고로

감수

西園寺リリカ(74쪽)

ビューティエディターライター, アロマテラピーインストラクター

참고도서

西園寺リリカ 저

『喘息、肌トラブル、胃腸炎、更年期……すべてアロマで解決しました！』(講談社)

취재 협력

せんねん灸(76쪽)　http://www.sennenq.co.jp

문의처

ドクターヴァルネ(株式会社インターブレイン)　http://chiyokokusakabe.com

青森県農村工業農業協同組合連合会(JAアオレン)　http://www.aoren.or.jp

ありあけ　http://www.ariake-estore.com

ヴィタメール　http://www.wittamer.jp/shopping

丸八製茶場　http://www.kagaboucha.co.jp/web/shopping

美噌元　http://www.misogen-online.com

せたがや縁側cafe　http://www.setagaya-1.com/engawacafe

梅月堂　http://yunomoto-baigetsudou.com

オリーブオイル専門店ヒナタノ　http://hinatano.co.jp